『騎士』：ちょっと一言

「天職」――自分の将来を模索する高校生の「ぼく」が叔父の生き方に何かを学んで……

「紋付」――世話好きだが意地っ張りの小学生が巻き起こす騒動とは……

「騎士」――赤ちゃん帰りしたような老父と向き合う還暦を過ぎた主人公……

「小石」――岩から生まれた小石に秘められた不思議な力……

「黄泉」――泉下の意味。アトム派と鉄人派に分かれ、空気に感覚が……

「湯屋」――旗竿型の土地を購入した母子をみまういろいろ……

「予言」――霊感が強い伯母が妹夫婦の家庭にもたらす吉と凶……

「眉毛」――刺青だらけの暴力団幹部のアネさんがたどる最期の数か月……

「服色」――女子アナの服の色をきっかけに、男と妻、女子アナの過去が……

「眼科」――猫の目の治療を専門とする獣医の開業のいきさつ……

「菊丸」――紀州犬の菊丸のもつ隠れた特異な能力……

「選択」――透析受容を認めた息子の選択をないがしろにしようとする両親のエゴ……

騎士

澤井繁男

未知谷
Publisher Michitani

目次

騎士

天職

祖父で弁護士だった、青柳忠の長男忠文がぼくの父、叔父が忠嗣、伯母に君江がいた。母の基子は一人娘だった。ぼくは当時一七歳、高校三年生だった。そしてこれ以後、昭和三〇年代後半から四〇年代半ばまでのおよそ七、八年間多感な時期であり、将来の目標を自分なりに見定める頃合でもあった。

父は大学卒業後、司法書士の職に就き、Y市でいちばん大所帯の事務所で、辣腕を振るったと耳にしている。母は短大で保育士の資格を取得後、同市の保育園に就職し、父と同じく、日々忙しく働いていた。一人っ子のぼくの世話は伯母の君江がみてくれた。君江は実の母さながらに青柳家を支えてくれた。この伯母にはなぜか結婚の意思がないらしく、甥の世話に生きがいを見出しているようだった。拙宅で家政婦にも似た、いやそれを超えた働き振りをみるにつけ、その懸命な分、祖父母の遺してくれたわが家に手伝いにくる前のことはいっさい口にしなかった。秘められた部分と、精魂込めた家事の、両方の値が等しかった。父や忠嗣叔父に尋ねても知らないと答えるばかりで、そのうちぼくも問うことじたいを忘れてしまった。伯母は通いでときには泊まって、こうした呼び方は心苦しいが「女中」そっくりの役目を、おそらくいくばくかの給金を得、引き受けていたとおもう。忠嗣叔父の方は兄夫婦とともにこの家にそのまま住み続け、自室でトレースという仕事を請け負っていた。腕がよかったらしく注文が途絶えることはなかった。

トレースという聞きなれない仕事の中身を知りたかったぼくは、辞書で調べてみた。トレースとは「原図を敷き写すこと。透写」とあった。これっぽっちの説明ではまるっきり見当もつかない。「原図」くらいは理解できるにしても、そのあとの作業に至ってはさっぱりだ。普段、食卓をともにしているのに何たることか。これは考えるに両親の仕事とはべつに、自分の将来をみすえたときにはじめて生じた意識の変化のためか。年齢を重ねるにつれ、みずからの行く末に視線を投じる機会が多いがゆえの最初の目覚めだった。

自覚して目に入ってきたのが、叔父の部屋の扉に「青柳工芸社」というプレイトが掛かっていたことだ。いままで気がつかなかったのはぼくの落ち度か。未来の姿を推察してこそ知る、意識の覚醒に違いない。自分の将来就く仕事を考えさせる何かがその文字にはあった。自分の暮らしている家のなかにそれと知らない一画があった不思議が怪しく輝き、自分の不明を恥じた。さらに何かが起こるだろう、という予感も萌《きざ》した。

ノックをして、はい、という返事に扉を開けると、作業台から頭をあげた叔父が、なんだ、稔《みのる》じゃないか。どうした？　何かあったか？　いいや。叔父さんがトレースを職業になぜ選んだかがとても気になって、訊いてみたくなった。ふーん、そういうことか。ならこれを片づけるまで待ってくれ。いいよ、と答えたぼくの目に叔父の部屋は、見慣れた部屋ではなくて、わくわくさせる何かを感じた。

それから一時間半後、ぼくは突っ立ったまま叔父の作業をみまもった。やっと終えた叔父が難しいこと訊いてくるなあ、と額に手をやって、立ち続けていたぼくに、いま気がついたというように、まあ坐れよ、と壁の方を顎でしゃくって椅子をすすめた。叔父は煙草を口にくわえライターで火をつけた。ふうと鼻から煙がでた。やっとくつろいだ雰囲気だ。ぼくは折りたたみ式のパイプ椅子をはこんできて仕事机の前に片寄せ、腰をおろした。まず私の半生を喋らなくてはな。職業といったな。いったい何があったんだ。将来を考えてみたとき、家の奥の部屋の扉に工芸社のプレイトを発見した。出会いだと感じた。そうか、稔もそういう年頃になった、というわけか。なら少しでも役に立てればいいけどな。トレースというこの仕事にありつくまでもなかなかすんなりといかなかった。我慢して聞いてくれるか。もちろん。むしろ気分よく話してくれそうなのに驚いた。私はね、もの心がつくにつれ、親父とうまくいかなくなっていったんだ。親父は頭ごなしにしかりつけてくることが多くてね、母親は私をかばうのに精いっぱいだった。将来は、親父は自分と同じく弁護士を目指せ、の一点張りでね。息子の適性なんかまったく無視だ。周囲の目ばかり気にする親父にも親戚連中にも、弁護士という職業を嘱望されていることに苛立ってね、いまおもえば短慮だったけど、高校受験の願書はだしたはいいが試験を受けなかった。落ちたと親父とお袋に合格発表の日に嘘をついた。私立高校受験もすすめてきたけど、当時はまだ高校進学率がいまほど高くはなかったから、きっぱりと断った。高校くらいでておけ、という親父とお袋の助言は正論だったけどね、いまとなっては仕方がないさ。あれくらいは従っていればよかったよ。でも聞く耳を持たない年頃だな。

その頃、中学卒業の者に仕事などあるようでなかったし、弁護士である親父にしてみれば中卒なんぞ人間の屑としか映らなかった。働かなくてはならないとはわかっていたけど、どういう仕事に就いていいか見当もつかなかった。それでも中卒で働いて家に金を入れようとおもって、軽い気持ちで郵便配達の仕事を選んだ、といって煙草を灰皿の端でもみ消した。

郵便配達はおもいのほかきつくて責任を要する仕事でね、一軒一軒の郵便受けの位置や大きさ（というのは大きすぎる郵便物は手で受け取ってもらわなくてはならないからそこの家のひとを呼び出す必要がある。そうなると配達時間が予定より余計にかかってしまうから、それを計算の上で廻ることになる）に通じていないと効率があがらない。それ以上に大切なのは廻る順番を決めておいて、時間がからないようにして配達することだ。そのためには郵便受けの配置をおさえておく必要がある。簡単そうにみえる仕事にはどれも奥の深さがあって、きわめるのに時がかかる。配達区域の地理もだんだんわかってきて、時間も短縮できるようになると、途中の自動販売機でコーラくらいは飲むゆとりがでてくる。最高だったね、そのときの味ときたら。夏なんかすぐに汗となって首筋や額をたらたらとしたたってゆく。それをタオルで拭うんだ。ハンカチじゃもたない。やっぱりタオルほどの大きさとやわらかさが必要だ。

冬は温かい飲み物に限る。飲み物の温度でからだの裡の寒暖がすごく左右されるなんておもってもいなかったけど、経験するとわかるんだな、これが。なんていうか体験とはとても重要だと実感するようになる。配達のおかげだ。

ところが親父が私の仕事に気づいてみっともないから辞めろ、と命じた。面食らったね。弁護士の息子が郵便配達夫とは何事かと不平不満をぶつけてきた。職業に貴賤はないと親父に食ってかかったな。親父の偏見にもびっくりした。お袋もまさかとおもったけど、親父の側に立った。そういうものかとがっかりしたな。

担当区域にわが家は含まれていなかった。どうして親父が配達の仕事を知ったのかいまだに謎だよ。せっかく慣れてきて、配達がひょっとしたら自分に向いているのではと信じる矢先だったので、辞めさせられて残念この上なかった。自分にとっての「天職」なんて好き嫌いではなく、関わった仕事によるとおもう。何かと関係を持たなくては絶対天職なんかに出会わない。それは挑戦ということ？　と問うと、いやそれほど身構える必要はないんだ。挑戦だと敗れて痛手を受けるときがあるだろう。そこまでして自分を痛めつけるにはおよばないよ。関与するというのは、そうだな、参加あるいは参画かな。挑みもせずのめり込みもせず、つねに自分を保って、その仕事に相対することだ。家でくすぶっているよりも外に出て一軒一軒の家のポストに郵便物を配っていくのだから責任感も芽吹いて、それがいつのまにか張り詰めた愉しみに変わっていったから不思議だ。自分にはみえていない世界というのが必ずあってそれを発見したときの歓びったらないね。

　そうだな、親父の見栄がなければ郵便配達夫として身を立てていたとおもうな。小学校の低学年の頃、お袋が連れて行ってくれたL湖のあの湖面の碧さをこの目で実感した、まさに新たな発見だった。職業選択のときもその発見の歓びを思い出したものだよ。弁護士という職業に巣くった親父の虚栄心のなんと醜いことか。

　じゃ叔父さんはある種の犠牲者だった？　そういうことになるかな。ところで稔は将来何になりたいんだ。それが決まっていない。いやしっかりとできない。自分がいちばんよく知っているはずの自分のことがいちばんわからない。いろいろな本に目を通してみたけど、探している仕事にどの本も触れていない。はっきりいって仕事にたどり着く経緯《いきさつ》を期待するほうが欲張りだとおもうよ。私もね、郵便配達に就くまえ本を二、三冊読んだ。最も印象深かったのは、『東京へ行って』という本だ。「です、ます体」調の、ハードカヴァーでない、あいうのを並製というらしいんだけど、表紙を折り曲げるほどに熱中して読んだな。

どういう話?

北陸地方のある町で生まれ育った若者がね、お金を儲けたいと東京にでてくるんだ。親戚も友達もいない少年は一六歳。中卒だ。そのときはまだ高校進学率は高くはなかったので中卒でも充分に働き口があった。そこで彼は中華料理店の出前小僧として最初の職にありつく。料理人もいいなあと憧れを抱くが、出前の途中で中華そばの汁をこぼしてしまうヘマをやって店主や客からも小言をいわれ、それが二回や三回でないので、いい加減厭になって辞めてしまう。料理店の二階に間借りしていたから、住む場所もなくして路頭に迷うはめになる。けれど目端《めはし》の利く若者でね、すぐに次の仕事をみつけてくる。蕎麦屋での皿洗いだ……。

こんなふうにして転職を繰り替しながらお金を少しずつ貯めていって、ついに二六歳のときにはいっぱしの小金ができて車まで買える身分になる。そして大人となった少年が一息ついた頃、ふっとおもいうかべるんだな。このお金を元手で何をやればよいかってね。お金は貯まるには貯まったけど、使い道がわからないんだ。それは結局……。そうだよ、何になりたいかがみえてこないんだ。

お金を稼ぐことが夢だとはわかっていたけれど、その次の段階をみすえていなかった。お金をどう活用するか。どういう職業に就くか、だよ。『東京へ行って』という物語のテーマがお金儲けのことを書きながら、その本当の狙いが何になりたいかを見失ってしまった青年が主人公だったわけだ。お金儲けの話は出世街道まっしぐらで痛快だけど、その爽快さの陰に大切な主張を作者は隠していたんだな。私は読み了えて呆然とした。いや、ショックだった。怖い作品という印象だったよ。

そうなんだ。背筋がぞっとするね、とぼくは答えて肩をつぼめた。それでトレースの仕事に？　いやまだなんだ。最終的にトレースの仕事に行きつくわけなんだけど、紆余曲折があってね、なかなか定まらない。まず自分が何に向いているのか、せっかく郵便配達夫で食べていこうとおもったところ親父とお袋の猛反対で希望を根絶やしにされた。どこかに引っ越して配達を続けようともおもったが、そうした勇気も覇気も私にはなかった。幸い親父が壮年でY市のH弁護士事務所長になったので朝から夜遅くまで家を空けていて、帰宅がたいてい零時近かった。その点気が楽だったけど、会えば頷く程度の仲以上には、つまり話し合う間柄にはどうしてもなれなかった。配達をしているという話も親父は近所の誰かから伝え聞いたに違いない。

弁護士という職業が親父を不遜な人間に仕立て上げていたから、ま、私への仕打ちは理解できもしようが、弁護士が全員そうであるはずはないだろう。腰を低くして他のひとに接してほしいとおもったね。お袋がこうした親父とどうやって夫婦になったのかは知らないけど、黴の生えた言葉だが、男と女の仲はわからない、というからな。君江姉や忠文兄が親父とうまくやっていたのに、私だけソリが合わなかった。なんとなくわかるような気がするよ、とぼくは父と君江伯母の顔をうかべた。

次の職は好物の蕎麦、その蕎麦職人を、と希望して配達区域の蕎麦屋の主人に頼み込んで弟子入りすることにした。配達は辞めたのかと不思議そうな目つきでみられたよ。適当にいいわけしてなんとか煙に巻いたけど、きまずいおもいもあった。横柄な親父の話はできないからね、それに蕎麦屋の大将はぼくがはつらつと郵便物を配っていたのを知っていたから。蕎麦屋には郵便受がなくて、いつも扉を開けて、ほーい郵便！　と叫んで玄関わきのカウンターの上に置いていったので、亭主にはぼくのやる気が伝わっていたんだとおもうよ。

相手は蕎麦屋だ、気風《きっぷ》がいいさ。これも配達の醍醐味でね、ポストばかりが相手じゃないんだ。奥が深いな。いいや、蕎麦をこねて切っての作業に較べりゃ郵便配達夫なんてたいした仕事じゃない。稔は蕎麦が好きかい？　うん、素朴な盛り蕎麦が好物。そうかいそれじゃあ、これからの話は参考になるはずだ。すると叔父がとつぜん目を細めて、いいか食べる前の段階を知っていた方がずっと豊かに味わえるものだ。まあ、聞いて期待はずれだったらそう答えていいよ。ぼくはしぜん頷いていた。

まずね、一〇割蕎麦ではなくて二八蕎麦の指導を受けることになった。蕎麦粉八にたいしてつなぎの小麦粉が二の割合。それで二八蕎麦というのかとは初めて知った。それを大き目の器に双方適量ずつ入れ、水を少々加えてこねまわすんだ。これが割と技術が要ってね、器の底を上手に使って団子状にこねていく。掌に収まるくらいの大きさにするんだ。水が足りないとうまく団子にならないから気を使う。そして平らな板の上にそれを載せて手で延ばし、掌を使ってもいいから平らにしていく。次に丸い木の棒を前後左右に転がしてできるだけ平らな正方形にならしてゆく。これを繰り返したら、蕎麦切り包丁で蕎麦の細さに刻んでいく。だけど最終段階のこの作業が、平らにする作業の次に難しかった。私は細さを適宜保つため板をもち、どでかい長方形の刃のついている蕎麦包丁を構え、板を左手で少しずつずらしながら、そのたびごとに包丁を下ろしていく。これぞ刻んでいるという感覚が伝わってきたものだ。

それをゆでで食べるわけ？　そういうことになるかな。でも私の切った蕎麦はみなキシメンみたいな幅になっていて親方に呆れられたよ。「好きこそ物の上手なれ」なんていうけど私の場合、結局、食べる側なんだとおもい知らされたな。もちろん一度や二度で諦めたわけじゃないが、ものにならなかった。郵便配達夫が懐かしく覚えた、もうずいぶん昔だったように、とな。

とうに二時間は過ぎていた。ぼくたちはなぜか肩に荷を背負った重みを感じていた。稔、疲れた。続きは日を置いてだ。もう茶の間にもどれ。わかった。またくるよ。椅子をもとにもどし踵を返すと部屋を出た。「青柳工芸社」のプレイトがふたたび新鮮に映った。

三日後。

お蕎麦の修業を離れたあとどうしたわけ？

その日の叔父は重たい口をやっと開くように。もう参ってしまってね、自分にふさわしい道をみつけて、それで食べていくということがこれほど面倒なのか、と痛感したね。ああでもないこうでもないと考えを巡らせばめぐらすほど、答が遠のいていく。ふたたび手に職をつけてみようかと考えた際、そうだ小学生のとき習字を習っていたなと。書道の先生になろうとおもった？　ああ、初めはそのつもりだった。でもこれこそ才能のなせる技だと気づいた。

そのときある本に、「自分がなりたいとおもっているものになれないときには、自分がなりたいものを念頭に置いて自分の身を合わせていけば、仕合わせを手にできるかもしれない」とあった。この文言ほど心の奥底まで響いた文句はなかったな。自分が何かになれるなんてことは、まず百分の一くらいの確率なのだから、私の能力の範囲内でなれるかもしれないものにわが身を寄せていくのがよい。誰もが自分の願望をかなえられるわけがない。それをあらかじめ承知の上で私たちは生きていくのが最善なのだ。

誰の言葉？　と訊いたけど、忘れてしまった。出典なんぞあってなきがごとしだ。叔父が中卒なのにそこまで的を射た、しかも気の利いた言葉を披瀝するとは。学歴を持ち出すのは良くないと知りながらも、もし叔父が大学をでていれば、就職にそれほど難はなかったはずだ。

トレース業に至るにはまだまだ道のりがあったのだろう。ぼくも将来何かの職業に就くのはわかっているが、そのためにかくも悩まなくてはならないのか。もしかしてぼくは生真面目すぎるのではないか。もともと無い物ねだりをしているのではないか。天職の発見など所詮むりなのではないか。

叔父さん、それからどうしたの。恥を忍んでいえば、兄貴に打ち明け相談に乗ってもらった。おまえの父親をほめるのも何だが、刻苦勉励《こっくべんれい》の典型だ。そう義姉さんもな。兄貴は学生時代の先輩で、設計事務所を営んでいる執行《しぎょう》さんという珍しい苗字のひとを紹介してくれた。

そのひとからトレースをすすめられた。郵便配達と違って家のなかでする仕事だ。設計士の資格も何も持っていなかった私だが、なんとかうまくいきそうな気がした。気持ちの問題だった。縁もあった。この点、稔の親父には感謝している。内容は一般家屋の設計図のトレースが主だった。これが早晩軌道にのって、やっと芯から安堵の念がわいたものだ。この道をいけばよいのだ、もう迷わずとも済む、とね。話し終えた叔父の表情はなぜかしらすっきりしていた。

年が明けて大学入試の願書提出の期日ぎりぎりになっても、ぼくはどこの大学にも願書は送らずに、まだ応募が効く中小の企業に就職した。忠嗣叔父の影響もあったかもしれないし、もともと勉強には不向きだと二年生のとき悟ったこともある。大学進学者も、全国的にみてそれほどの人数ではなかった。両親がどうしてだ、と詰め寄ってきたけれどもう遅かった。父も母もぼくに疑問を投げかけるだけでそれ以上突っ込んではこなかった。そういう意味では話のわかる親だった。むろん自問自答を何度も繰り返したが、答はいつも同じだった。とはいえ父と母がそれでほんとにいいのかと、ぼくをみすえたときもあった。もどかしさはどこかにあった。祖父が叔父の仕事に口を出したときの実弟の痛みを父は傍らでみていたかもしれない。

ぼくの会社は小規模な印刷所だ。偶然にも社長の名前が執行だった。あの執行さんと血縁なのだろうか。いつか機会があれば尋ねてみたい。ぼくを入れて九名の社員で成り立っていて、活字を拾うという手間暇かかる時代はとうに過ぎ、写植の全盛期だった。叔父の仕事もだんだん注文が減ってきたようで、五年も経たないうちにトレース作業が不用となり、職を失ってしまった。

そののち、わが家をでて、足取りはまったくわからなくなった。青柳工芸社のプレイトもいつの間にか外されていて、長方形の跡が扉の上の一部を白く飾っていた。けれども叔父がトレース業で自立していた時期があったのは確かだ。

ある日の昼食時、外食で腹を充たして印刷所にもどる途中、物をいっぱいに詰め込んで腹の膨らんだ鞄を肩から斜めに下げた郵便配達夫の姿をみかけた。あっ、忠嗣叔父さんじゃないか、とぼくは目を凝らし、とっさに叔父さん！　と叫んだ。声は届いたようで、立ち止まったそのひとはぼくに焦点を合わせてから、はにかむように片手を挙げて手を振ってよこした。

紋付

そこは物置とも石炭小屋ともいわれていた。二つの部屋からなっていて、奥が石炭小屋、というか小部屋、前のほうが物置で木材がたくさん立てかけてあった。奥の小屋はさらにロッカーのような区分けがされていて、コークスや石炭がおさまっていた。

当時、家には父母との関係がどのようなものかわからない、いわゆる親戚縁者が多数出入りしていた。いちいちそれを母や父に尋ねたが、それぞれに兄弟姉妹が多く、いとこだとしても、どちらの側のいとこか、あるいは伯母や叔父か、皆目見当がつかなかった。顔が似ていることも原因のひとつだったと思うし、みなの雰囲気がどことなく同じに感じられたからかもしれない。

そのなかのひとりに赤平の粂川叔父さんというひとがいた。父の弟だというこの粂川さんが、ある夏の日、突然、赤平から札幌のわが家にやってきて、自分たち夫婦が仲人をするから、赤平市役所の助役さんのお嬢さんの婿さんを世話してほしい、と父に懇願した。赤平は根室本線沿いにある、昔、炭鉱で栄えた市で、最盛期には一五万人の人口を擁していたが、石炭産業が衰退の一途をたどり始めたその頃には、もう人口は激減していた。

粂川叔父はそこで牛乳販売業を営んでいて、学校給食用の牛乳提供から市役所へと販路を拡げ、助役さんの娘の結婚話もそこいらあたりからきていたようだ。

叔父が持参した見合い写真をぼくもみたが、まずまずの器量で、この女性ならきっとうまくいくだろう、と子供心にも生意気に思ったものだ。しかし面倒な条件がひとつついていた。婿養子を、先方が望んでいることだった。養子ねえ、と腕を組んだ父が叔父の顔をしげしげとみつめて、そうだ、おまえも養子に出たんだったな、とふと気づいたようにいった。ぼくの苗字は星野だったから、なるほどとぼくも納得した。

兄さん、養子といっても時代劇で描かれる姑にいびられるような時代はとうにすぎて、まっとうな地位をあたえられ、家族の一員として、妻と子供たちとくらしていけるよ。ただ苗字の問題が面倒くさいんだけど、いまは無理かもしれないが、そのうち夫婦別姓になるときがくるさ。いやいや苗字のことはべつにいいんだ。本人しだいだからな。問題なのは、好い男《ひと》がみつかるかどうかだ。

もちろん、それが第一だよ。だれか心あたりはないか？ と、なぜか父がぼくの顔をみた。これがきっかけでぼくはこの婚姻に関わることになった。父の表情がすっかりぼくを頼りとしていると実感してしまったのだった。ぼくの思い過ごしであったことはゆくゆく明らかになっていくのだが、初手は父の眼力にすっかり捕らわれてしまった。あれこれと、年相応の男性をおもいうかべてみた。

するとクラスの担任の顔がふと脳裡をよぎった。ああ、吉永先生、たしかまだ独り身だったっけ。三〇歳前後のはずだ。ぴったりではないか。禁欲的で精悍な表情をしたひとだ。話を向けてみる価値はあるんじゃないだろうか。ぼくはうずうずしてきて、叔父が去ったあと、すぐさま父と母に、声をわざと潜めて、吉永先生はどうだろう？ と訴えた。吉永先生というと、おまえのクラス担任の……。そうさ、その吉永先生だよ。それはいいかもしれないな。

どういう方だね。国語が専門でね、もちろんピアノも弾けて全教科も教えることができるさ。そうねえ、吉永先生ねえ。お父さん、これは名案かもしれないわ。ますますぼくは乗り気になって、明日、話してみようか。いいえ、こういう一件は親からのほうがよいものです。適当な日をみつけて、お母さんが小学校にうかがいます。先生のご都合もあるでしょうし。そうだな、お前はちょっと引っ込んでいなさい。……。ぼくとしては面白くなかった。いいだしっぺはぼくだったから。でもでしゃばりたい気持ちをぐっとこらえて、やがて報いられるだろう、と耐えることにした。

数日後、母が吉永先生を職員室に訪ねて、結婚の話を持ちだした。にこにこして母が帰宅したのは夕暮れどきだった。上手く行ったの？　と訊くと、そりゃもう、と得意げだ。気に入ってくださったわ。先生もそろそろ身を固めたいとおもっていたんですって。父がそれはよかった。さいさきがいいな。あいつの顔も立つだろうに。父さんの顔もね。おお、よくいってくれた。そのとおりだ。こういうものはな、双方の面目がなりたたなくては実らないんだ。そうだね。知った口をたたくやつだ。

これからが忙しくなるわね。そうだな。いちど赤平に行ってみなくては。そうね。実物をみなくちゃね。ぼくもつれてってよ。その娘さんをみてみたいし。なるほど、弟に連絡を取って、助役さんの都合も聞いてみなくては。そうだね。たぶんいずれかの日曜日になるだろう。準備をしておいてくれ。わかった。ぼくはすっかり付き添ってゆく気になって、さらに、自分がこの結婚になにがしかのお手伝いをして、もっといいおよぶなら、何らかの貢献者になるだろうと勝手に予想を立てていた。

赤平には当時、釧路行きの特急は停止しなかった。滝川でいったん下車して、各駅停車に乗り換えなくてはならなかった。沿線の駅はおおかたが炭鉱でかつて栄えた町で、いまでこそ灰色めいた界隈に沈んでいるが、炭住の跡などが車窓からみえて、往時の繁栄の残映を偲ぶことができた。

粂川叔父が駅まで販売店の車で迎えにきてくれていた。父とぼくは叔父の車に便乗した。吉永先生の写真ももちろん携えて。駅前の、おそらく駅前通りと思える本通りの両側の店屋は、朝まだき、シャッターが下りたままで、ひっそりとしていた。叔父はこんな具合でね、と愚痴っぽくいったが、その意味をぼくははかり兼ねた。さすがに朝早い商売である粂川牛乳販売店は開いていた。牛乳はひと瓶ごとに配達員が各戸に配るシステムだった。まだ紙パックの牛乳などが販売される以前だった。

ちょうど配達員たちが自転車で販売店にもどってきたときだったらしく、店の前は自転車であふれかえっていた。こうしたにぎやかさは久しぶりだ。ぼくは胸の底に灯がともったように、にわかに気が昂《たかぶ》った。三人が降りると、叔父の妻の道子が奥から現われて、互いに久《きゅう》闊《かつ》を叙した。大きくなったわね、朋弘ちゃんと腕を広げて大げさにいった。叔母の道子はあいかわらず奇麗だった。おまけにはつらつとしていて、陽気な叔父にぴったりの妻だった。

それで兄さん、今日の午後に助役さんの自宅を訪問することになっているんだけれど、いいかい？　もちろん。こっちは日帰りのつもりだからね。四時頃の列車で、とおもっているよ。わかった。助役の家から、駅まで送ってゆくよ。ありがたい。うまくはこべばいいけどな。そりゃ大丈夫だ。向こうも教職に就いているひとなら大歓迎だと手放しの歓びようだ。あとは写真だな、と叔父は刑事みたいな表現をした。ぼくは吉永先生をいちばんよく知る者として、人柄の宣伝を担うつもりだし、そのために同行したのだった。

助役さんの家は役人用の官舎のうちのひとつだった。北海道によくみられる、雪がスベリ落ちやすい傾斜の険しい屋根がおおっていた。その屋根は赤、青、緑といったきれいな色で塗装されており、助役さんのは赤だった。三色の屋根がみなべつなので、住所に「屋根の色」を記したほうが郵便物が間違いなく届くだろう。

屋根の色は異なるが家の間取りは三軒とも同じのはずだ。クラスの友だちの、同じタイプの家屋を知っていたからだ。案の定、ぼくたちは玄関を入ったところにある居間に通された。この奥に流しがあて、横に和室がある。

ソファに腰かけるまえに、叔父に助役を紹介され、双方ともに深々と頭を下げて挨拶と名刺をかわし、腰をおろした。こうした場合、手際のよい叔父はさっそく本題に入って、さっそく吉永先生の写真を助役さん夫婦と、その隣にちょこんと腰を落としている娘さんに向けて示した。三人は食い入るように目を凝らした。その間ぼくは吉永先生礼讃の言葉を三人の耳にしみわたるくらいゆっくりと喋った。頷く姿が垣間みえた。ひととおりみおえたあと、父が、粂川叔父から聞かされていたのに、確認を取るように、なぜ養子かを尋ねた。

すでにお聞きおよびとは存じますが、男の児に恵まれなかった我家では、立花の家を絶えさせないように、婿養子を、とずっと考えていたわけです。今般、時代的にいってもそうした風潮はうすいのは充分承知していましたが、ものは試しと……と、そのあとは口をにごした。寸時、白けた雰囲気が流れたが、叔父が仲を取りもって、兄さん、ま、そういうことですわ。どの家にも事情というものがありますから。どうか斟酌《しんしゃく》してあげてください。それはそれでいいいけど、肝心のこと、お嬢さんは吉永氏をどう思われましたか? 照美さんという愛くるしい顔の彼女は、頬を赤らめて、首を縦に振った。これで決まった。あとは世間話になった。

助役さんは主に赤平市の苦しい財政の話を、愁訴するように語った。もう病者だった。地方でこれといった産業のない、小さな都市のさびれゆく現状への悲しみがこもっていて、いたいたしかった。その点、教員に嫁ぐ照美さんの将来は安定しているに違いない。

ところでぼくは大人たちの雑談のなかからだんだんと、なぜ養子を迎えなくてはならないかがわかってきた。助役の立花さんみずからが養子だったという。また男子ができなかったこともあるらしい。養子が二代続くことになるが、それほど立花の家を遺していかなくてはならないわけがあるようだ。それについて助役さんはいっさい明かさなかった。いわゆるワケあり、というやつかもしれない。江戸時代の武家の一家を想像した。お家の存続という、封建時代をにおわせる旧い意識がのこっていて、その誇りからのがれられないひとたちがいまでも存在していることを知った。それぞれの家には家風というものがあって、他人の立ち入るすべもない。それはそれとして受け止めなくてはならない。

吉永先生はその旧家の糸に絡めとられるように婿に迎えられるわけだ。吉永先生個人の問題で、第三者がどうこういうものではないし、吉永先生が照美さんをよしとすれば、それでよいわけなのだから。照美さんとてそうだろう。もうぼくが口を挟む余地はのこっていないが、吉永先生を推薦した身である自分がとうぜん結婚式に呼ばれる立場にあるに違いないと考えた。

式の日取りも決まって、いよいよ、というときになったとき仲人役の粂川叔父の妻の道子が、仏式でなく、二人が信仰してもいないキリスト教で式を取り行なおうとしているのはイヤだといいだしたのだ。いまさら、という気がしないでもないが、この件は先生と照美さんの間に手紙のやりとりがあって、秘密裡に決まったらしい。道子は親鸞上人に深く帰依していた。

もっとも根本的な条件なのに、叔父夫婦の対話の不充分さがうかがえた。ガンとしていうことを利かないらしい。キリスト教のどこが悪いのかぼくには皆目見当がつかなかった。叔父のほうが途方にくれて、幾度も父に電話をかけてきた。父も困惑気味で、ついに折れて、ぼくの母が、代理として仲人役を引き受けることに決まった。どうしようもないわねェ、道子さんたら頑固一徹で……とこぼした。

だが母は降ってわいたこの役に歓びしきりだった。わたしにしかできないわ、とにわかに意気込んで、叔父に何度も電話をかけ先方の立花さんの家風や照美さんの人柄について聞きただしていた。その内容はいちいち家族に伝えられ、結句、母が招待状を発行する役回りにもおよんだ。母の、良い意味でも悪い意味でも、お節介で出しゃばりの性格によるものだ。わたしが引き受けるわ、と最初にいったのはきっと母の方だっただろう。

父はあきれてしまって、投げやりにそれならそうしたらいい、とだけいって逃げた。父の役目もぼくの役割ももう終わったといってよかった。あとは赤平を吉永先生が訪ねて、照美に逢えばすむことだ。本人同士がお互いを確かめあって、意思を固めればよいのだ。

吉永先生の赤平行きに、なんとぼくも同行することになった。モノの弾みというか、経緯がわからぬうちにそうなってしまった。先生の恥ずかしがりやという性格のせいかもしれないが、普通なら、母か粂川叔父が一緒であるべきだろう。だが叔父が義理の姉と同席するのをなぜか遠慮した。理由は不明だ。

　いつもはジャージ姿の先生の正装姿を初めてみたが、なかなか男前に映った。これなら照美さんも頷かざるをえないだろう。知的であること、清潔感がただようこと——清楚な感じの照美さんにはこの二つが不可欠だろう。

　赤平では先方が用意した『ホテル赤平中央』の一階の喫茶室で待ち合わせた。三人が先にきて待っていた。緊張している様子が入り口からうかがえた。こちらも同じだった。とりわけ吉永先生は顔面蒼白気味だ。……しかし一歩一歩と席に近づくにつれ、こわばりが解け、血色ももどってきて、いつもの先生になった。

　腰かけると、コーヒーか紅茶かを訊かれ、ぼくらは紅茶を頼んだ。そして、助役さん、その奥さん、そして照美さんが自己紹介し、ぼくは母です、と告げた。おもうに、この順序に疑問を感じた。こういう場合、お互い初めは立って挨拶をするもので、先方が座ったままでいたのには違和感を覚えた。地方によって異なるのか。そういうものなのか。半信半疑のままでいるうちに、吉永先生が両親との会話をすっぽかし、文通相手となっていた照美さんとにわかに話し始めていた。

　ああ、先生は本来、積極的なひとなんだな、と感じ入った。子供は何人ほしい、というところまで進んでいる。もう照美さんと手と手をつなぎ合って歩いているような口調だ。照美さんのほうはすっかり先生の口調に巻き込まれている。

ぼくをはじめとして、ご両親も母も唖然として口をあけている。それだけ先生が照美さんを気に入った証拠に違いない。ぼくもなんとなく肩の荷が下りて、すがすがしい気分になっていた。二人は初めて逢ったのに、昔から知った仲のようだ。何事もうまくいくときはこういうものなのだな、とある確信を得た。


助役さんが「祝言」というちょっと古めかしいが、この場にはふさわしくおもえる言葉で、ここ赤平で盛大に催したいとにこにこしながら述べた。日取りは決まっていたようだ――二人が逢うまえに勝手に決めてしまっていたので、どうも順番がおかしい、当事者を離れてことが運んでいる。先生や照美さんは、この枠のなかで回遊する二匹の魚に似ている。疑念を抱かない双方、特に先生の気ごころが知れない。お互い気に入っているようだから、第三者が口をはさむべきことではないか、とこのときは母と顔を見合わせながら、ともに頷き合った。でも何かが起こるに違いない――肌でそう感じた。

ぼくと母は、一泊したいという先生を残して、日帰りした。これから暮らすことになる赤平市内を明日、照美さんと歩いてみたいというのが先生の希望だ。明日日曜日は学校も休みだし、格好のデート日和となるだろう。雨が降ったら相合傘で歩めばいいのだから。結婚が前提なら、こんなに急接近するものなのか。

見合い結婚とは便利なものだ。儀礼に則れば何でも認められるってわけか。ぼくは、将来は恋愛結婚を選ぼう。恋愛体験などしたことがないけど、見合いよりきっともっとドキドキするに決まっている。相手の気持ちなど、おそらくすぐにははかれないからだ。果たしてぼくにそんなときがくるだろうか。

内心わくわくしながら、ぼくは祝言に参席している自分を夢みていた。

祝言はその年の秋の大安の日だった。招待状が郵送された。母は仲人だからとうぜん参加する。……ところが、あれほど尽くしたと勝手に決め込んでいたぼくのもとには招待状が、いくら待っても届かなかった。変だなとおもった。初回は父と、二回目は母や吉永先生と一緒に出向いた。その上、吉永先生を紹介したのは、誰を隠そうこのぼくだ。そのぼくが出席者に加えられないのは、理にかなっていない。腹が立った。なんとかして母の気を惹かなくては……。腐心の結果うかんだのが、母が祝言で着るはずの紋付に鋏をいれ、身につけられなくすることだった。いまおもえば、幼い行為だが、小学生で考えられることといってみれば、この程度だった。それにこの悪戯《いたずら》は見事に功を奏したのだから。

祝言まぢかのある日の午後遅く、ぼくは衣紋掛けに掛かっている母の紋付に、母の裁縫箱からちょっと失敬してきた裁ち鋏を手にして進んだ。紋付のまんまえにたたずんでから、さてどこを切り裂こうかと戸惑った。やがて左右のたもとに目がいって、じょきじょきと鋏をいれた。紋をどうしようかと、手前まできたとき迷った。母がなぜかいつも自慢していた、桔梗がずれて二つ重なった紋——ひとつだと土岐家の紋だという——をどうしようか。ここだけは避けておこうか……いやいや母の鼻を明かすのが狙いだから、とぼくは紋を二分の一に切った。裁ち終えるとぶらんと両方のたもとがぶらさがり、ぼくはしめしめと、鋏をそこに寝かせて逃げた。行先は決めていた。物置だ。

物置の内部は知り尽くしていた。奥の石炭箱に隠れてもすぐにみつかってしまうから、手前の材木を置いてある、その壁に立てかけてある四本の材木の裏にまわった。

小一時間ほどすると、なんと吉永先生もまじえて、父と母が物置にやってきた。隠れるとしたら、ここしか残っていないんですがねぇ、と両親の声がする。三人は目を凝らしてこちらをうかがっているが、照明の影になってぼくをみつけられないらしい。身じろぎもせず息を殺して、三人を材木の隙間から凝視した。勝負はついた。ぼくの勝ちだ。とうとう発見できず、彼らは引き上げた。石炭部屋までに足をのばしさえしなかった。紋付への小言ももらさずに……。

ぼくは一晩そこで過ごして、朝方、何喰わぬ顔をして家にもどった。父も母も呆れて、いったいどこにいたの？　と目を丸くして尋ねた。物置きさ。いなかったけどな。いいや、みつけられなかっただけだよ。先生まで呼んで、オオゴトだったね、とぼくはうそぶいた。……紋付のたもとをぎざぎざにしてしまって。婚礼に着ていくものだったのに、と母の怒りはまだくすぶっていたようだが、抑制のきいた口調だった。……なぜあんなことを？　そりゃ、ぼくが祝言に出席できそうにもないからだよ。そんなことで？　そんなことじゃないさ。ぼくの果たした役割をわかっていれば、あたりまえじゃないか。……子供のオマエまでが？　吉永先生を推したのはこのぼくじゃなかった？　そりゃ、そうでも。

それに母さん、臨時の仲人じゃないか。あくまで臨時なのよ。わけは知っているでしょ。うん。でもぼくは貢献者だ！　貢献者という言葉に母は一本とられたらしい。とたんに項垂れて、そうだねぇ、貢献者だったね。いわずと知れたことさ。それを無視するからあんな目に遭うんだ。

ぼくは一息ついてから、わざと白を切ったふうに、紋付はどうなったの？　新しいのを買うの？　いいえ、急遽、直しに出したわ。明日の朝、できあがってくるはず……。そう、それはよかった。で、ぼくの席も用意してくれるね。

仕方ないわね。そこまでいわれ、ひどい目に遭わされたからには。ほんとうに厄介な子ね。

面倒なのは子供の心を読み取れなかった親の気配りのなささ。ぼくは心のおもむくままに動いただけだよ。

騎士

連れ合いを早くに亡くした父は、私たち夫婦とともに一五階建てのマンションの最上階の住居に暮らしている。朝はだいたい四時半過ぎには目をさましているらしい。夫婦との寝室はべつなので、いつ起床しているかわからないが、朝刊を一階のエントランスに並ぶポストに取りに行った折いつもこういう。毎回エレベーターが一〇階で止まっている、一〇階の住人がそのまえに一階に下り新聞を取ってもどってきている、誰だか知らないひとが自分の先に取りにいく慣例ができあがっているようだ、と。ちょうど五時一五分だという。父にとってこの習慣にもなったようなことが大切で、八階で停止していた日は終日機嫌がおもわしくない。自分の一日の最初の仕事は、毎日みずから定めた規則通りでなくてはならないのだ。これは年のせいだと考えていたが、父が胃潰瘍で入院して新聞係が私にまわってきたとき、九階に停まっていなくてはその日の出鼻をくじかれた気がした。父の心境がわかったものだが、こういう些細なことで日々が成り立っているようだ。

退院してきた父はしばらくの静養を経て、また復帰した。朝の時間の使い方も元通りとなった。新聞を取ってくると父は町内の散歩に出かける。附近は問屋街で、日中でも静まり返っている。朝はなおさら人影も車の往き来もない。コンクリートの隙間から伸びている植物をむしり取ってきて妻にみせながら、草ってやつは強えーなあ、と感嘆の声を上げる。

もうひとつの朝の行事は、前日の夕刊に記された日の出を確認することだ。幸い東側にベランダがあるので、自分の許せる時間内での日の出だけを見定めている。晴天が続いてくれるとありがたいが、梅雨や秋の長雨の時節など、うかぬ顔だ。夏至の前後が愉快らしい。日が昇ると、私たち夫婦が床についていても、一日の始まりだぞと声をかけてくる。十中八九無視する。父の入院時、私が前日の夕刊で調べて日の出をみていた。

父は朝食後、ベランダに出て旅客機をみあげる。W飛行場がすぐ近くにあるので、北海道や九州へと飛び立ち、マンションからみえる地点での旋回を眺めて無事を祈る。往来は一日中尽きないから空ばかりみている日もある。人生の黄昏《たそがれ》どきを、どうすごそうと自由だから口だししないが、孫をみせてあげられなかったのは残念におもっている。不妊治療も試みたいが実を結ばなかった。実に平凡なことなのだが、平凡こそ老齢な父には第一だ。たいていの家族でみられることを父は経験できていない。

新学期が始まると、ベランダから小学生の通学を見下ろすのが愉しいらしい。学区の児童たちが、道路の向こうの歩道を長い列をつらねて、二キロも離れている小学校に通っている。地元の広報誌で知ったが、朝、交通量のある幹線道路のそばを通っての登校路は危険だ。市の広報では小学校をもう一校新設する予定と記されていたが、それから二年も経っている。ベランダの西向かいには支援学校もあって、バスでやってくる児童たちが到着するまえに教員たちが通勤してくる。父の目には彼等も映しだされているに違いない。

それは日曜日の夕食後のことだ。父がいつになく昂揚した面持ちでいった、新設の小学校実現のためにこの老体を捧げてみたい。捧げてみたい？　私はその言葉の重さにとっさに聞き返した。ああそうだ。父は大きく首を縦に振った。妻もおどろいて、市役所に掛け合うつもり？　そういうことになるかな。まずは二年間も建設がほったらかしにされたままで、通学時の児童が危険にさらされている。みてみぬふりはできない。確固たる意志に貫かれている言葉だ。父の、それこそありきたりのサラリーマン人生で、こうした意思表明は初めてだ。拓郎、おまえも手伝え、いいな。オレには仕事が……。休日だけでいい。まずは署名活動からだ。一体全体、父のなかでどういった化学変化が起きたのだろう？

拓郎、死が生の変異《へんい》だということを知っているか？　えっ、それって、いきなりどうしたの。おもいもかけぬ父の哲学的発言に私は狼狽《ろうばい》した。父に何かが憑依《ひょうい》したか。観察者だった父が参画者に変化した。生の変異が死。観察者の変異が参画者。この二つは並列か。私は答えられなかった。署名をもらいに父と一緒に各戸を歩くうちに、早晩何かがみえてくるかもしれない。そして何かが起こるだろうという予感が萌《きざ》した。

いつからまわり始めるわけ？

決っているだろうが、大川の花火大会が済んでからだ。大会にはまだ二か月もある。真夏のこの街の風物詩だ。先日一〇階に住むご老人夫妻――この夫婦のいずれかがいつも朝刊をうちより一足さきに取りにゆくのだ――が私の押した一五というボタンを確かめて、一五階では大川の花火が、花を咲かせて散ってゆくまでみられるでしょうね、と悔し気に訴えた。一〇階じゃ、花火が上がる途中と落下の散りぎわだけです。はあ、それは……。でも地震がきたときの揺れといったら、といいわけしようとしたときにエレベーターが一〇階に着き、老夫婦が降りたので、それっきりとなった。

それぞれの階にはいろいろと不平不満があるのだろう。管理人さんがいっていた。一〇階までは隣のビルのおかげで虫の死骸や葉っぱが床に散らばっていないが、それ以上の階は吹き曝しだから掃除のしがいがある、と。皮肉に聞こえなかったから不思議だ。これも私のなかでなにかが変異して、本来の皮肉を皮肉と受容れられなくなったせいか。
ある初夏の朝、父は朝ご飯のあと、おっとり刀で外にとびだすと、その七分後には小学生の登校の列のいちばん車道寄りに、児童たちを車から守るように、両腕を拡げてたたずんでいた。弁慶の立往生といった父の背を妻とベランダから眺めた。あれで安全の役に立っているのかしら、と妻がつぶやいた。私は突拍子もない父の行動をどう表現したものか途方にくれた。これがずっと続けばそういう志を父のなかに見出せようが、果たして明日も、雨の日も実行するだろうか。

父は文学者でも何かの研究者でもないが、書斎を持ちたがり、狭いマンションの一画を所有してご満悦だ。みずからを書斎派と呼び、よもや児童の登校の安全確保に身を挺する人物とはおもえない。だが署名活動をしたいといったのだから、想定内と解すべきなのかもしれない。こうした概念遊びなど苦手な私とすれば、ただ父の行動を観察するしかない。おもった通り翌朝、父は交通安全とは無縁の朝寝を愉しんだ。老いた父は朝がはやい分、熟睡できていないのだろう。朝食後ソファで寝込むことがままあった。満腹が誘う心地よい眠りのようで、妻によれば私が出社後しばらくして目を覚まし、うあーと両腕を伸ばし深呼吸するのが常だという。ここから父の一日が始まる。まるで脱皮して成長してゆく蝶さながらに、老いた父にはそうした変化が必要で、いつの間にか身についてしまって、もはや自然体の部類に入る。

夜半過ぎまで父は書斎と呼ぶ一画で、たいてい本を紐解《ひもと》いている。K市から遠望できる山々というカラー写真版の豪華本だ。父は活字の詰まった本に関心はなく、日本植物図鑑、日本の湖水、都会の花々、といった類の本をとっかえひっかえ毎晩みている。読んでいるとはとてもおもえない。視覚に訴えるものが好きなようだが、世界的に著名な画家や日本近現代絵画集などのようなものには興味がない。だが自然派といえばそうではなく、あくまでK市の中心部で生まれたことを誇りに思って、生粋の都会派を自認している。いまの住居はわけあって、同市の郊外のマンションにあるが、あくまで中心地生まれを基準とした、眺望できる山々に興味を寄せている。

若い頃父は登山が好きだったようだ。妻にも私にも機会があるごとにラムネ山登山の自慢話をする。ラムネ山とはいささか奇妙な名前だが、マンションからもみえる標高二千メートル前後の、いわゆる登山のメッカだ。父は幼友達とともにその山の制覇《せいは》をめざして出かけたそうだ。しかし年上の友人が登山に詳しく、麓《ふもと》までゆくまえに測って、雲の色や厚みとでラムネは雨で危険だ、止めよう、と家路《いえじ》についたという。こうしたことが二、三回あって、結局、ラムネ山には登ったことはないのだそうだが、父にはラムネ山を目指したことが自慢で話題にしたのだろう。

花火大会も終わった晩夏のある夕暮れ時、父はサイレンをつかまえてくるといって、とつぜん玄関をとびだした。下駄をつっかけてエレベーターに向かった父を私は止めようとしたが、奇しくも一五階に停まっていた箱に父がさっと乗り込んだ。扉が目の前で締まり取り逃がした。父はもう小学校新設のための署名活動の件をすっかり忘れていた。私も面倒なことに携《たずさ》わりたくないので何も口にしなかった。サイレンを捕《と》らえにいくとは、パトカーか救急車かのいずれかだろうが、私の耳にはいっさい音は聞こえてこなかった。父の目的はいったい何か？　いや、そうした対象などハナからない。そうに決まっている。でも父には音が聞こえ、その音を捕縛《ほばく》しようとでも思いついたのか。音は逮捕できるのか。もし父がそれを実行して帰宅したらミモノだ。

三〇分後、父はすごすご引き返してきた。音にまんまと逃げられたとこぼした。どんな音だった？　と問うと、徹子《てつこ》の姿をしていた……。徹子とは亡くなった母の名だ。母はこの文字に則した、いや生き写しの生涯を送った。そして潔く世を去った。父は母の死をなかなか受け止められず呻吟《しんぎん》する日が続いたが、ある日私がおもい至って母が鳥となって天上に馳《は》せたのだというと、得心が要《い》ったようだ。念頭にチェコのプラハで暮らした作家の著名な小説があった。虫でなく鳥に変えたが、「変身」のひとつの読みとして、虫となっても人間の心を失わなかった主人公を、鳥となった母に重ねて語った。

死は生の変異だよ、父さん。母さんもそれと一緒だ、と。論理などなかった。でも父は感じてくれたらしく、そうかそうだな、と深く頷いた。妹など母が死去したら一週間後に父さんも死ぬ、と予想を立てていたが、父は生き延びた。


雨の日、父はぼんやりと窓辺にたたずみ雨を眺めた。言葉では表現仕切れない茫洋とした雰囲気が背中を染めていた。八六歳になった父が何を考えているのか。生きているからには、何かを感じているのだろう。老境という便利のよい言葉があるが、父の場合、自分が老人だとはおもってもいないだろう。それは六二歳の私の心境がいまだに一八歳当時と変わっていないと常日頃感じているのと同じだ。父の心は青春期のどこをさまよっているのか。鳥に変身した母を仰ぎみているのか。

父がサイレンをつかまえてくるといって外出する日がだんだん増えていった。私が勤務中で留守のときでも、妻にいいおいてでてゆくそうだ。収穫の類はなく、がっかりしてもどってくるという。妻がとうとう気味がわるいといい始めた。妹は父さんならとうぜんだと感想を述べ、あとは私に任せるといった。

妹は父が母にどれほど迷惑をかけてきたか身に染みて知っていた。だから当然の報いだという。父はそれすらすっかり忘れていた。迷惑もこの夫婦間では当然だと考えている節がある。母も受け容れてきていた。妹にとやかくいわれる筋合いはない。夫婦の間でしかわからないものがあって、それで父母が充たされていたのなら半畳《はんじょう》を入れる余地は子供にはない。私たち夫婦は家事を分担している。父には新鮮に映るようで、オマエタチハ変ダ、とか、立派ダとかいろいろな解釈をした。どれでもよかった。父にこれから新規なことを求める気もなく、家事を手伝ってもらいたいとも望まなかった。父には父としてありのままに生きてほしかった。

ただサイレンの音を捕縛しに行くというのには手を焼いた。

音など捕まえられるものではない。父の五感のなかのひとつかふたつかが壊れているのでは？　そう思うと雨をじっと眺めている父の背中がおもいだされ、私は進退窮《しんたいきわ》まった。父の想定上の年齢と私のそれとがせめぎあう。父の青年期におもいが至る。

この期におよんで父についての無知が痛みをもたらしてくる。おおげさないい方をすれば、出勤している父と登校していた私とはすれ違いの生活だった。残業も厭わなかった父の企業戦士生活と部活に専心した私が出会う機会など知れていた。クラブの監督の方が父親のように感じたのは嘘ではない。しかし退職して長命な父と、私が向き会ったとたん父と子とは何かを考え、感ずるものがあった。すれ違いの人生だったそのツケがまわってきた。母のことは何とか知っていた。母が結婚後どれほど父のことをわかっていたか、私には不明だ。

　こんなことを想像してみた。私は父の精子と母の卵子の結合によって生まれたのだから、雑念に捉われずともからだの全感覚で両親のすべてを受容している。それをありのまま受け取るのがよい。右顧左眄《うこさべん》にはおよばない。そうしたなか、父が崩《くず》れて行く気がして、私は父とやっと向き合う時を得た。

　父は生まれながらにして「音」に敏感だったのだろうか。母によると付き合いだしたきっかけが同じ高校の吹奏楽部だったという。父がホルン、母がフルートだったそうだ。ホルンという楽器の演奏者はいつも頬を膨らませて演奏に臨んでいるのはテレビのクラシック番組で知っていた。フルートもきっと難しい楽器だろう。父と母のつながりに音楽があったのは一つの発見だった。

　音の効果、その組み合わせである音楽は、ジャンルは何であれ、魂を揺るがし昂揚感を植えつける。両親がどういう曲を演奏していたか尋ねてみたことがある。二人とも印象に残っている曲として、イタリアの作曲家レスピーギの『ローマの松』を挙げた。イタリア音楽の主流はオペラ、オペレッタで、交響曲はなく、『ローマの松』は交響詩に分類されているはずだ。交響曲と交響詩のべつなど二人にはどうでもよかったようで、文字通り「音」を「楽しむ」を第一義にしていた。ラヴェルの『ボレロ』も、スーザの行進曲も演奏しがいがあったと誇らしげに語った。

父は山や草花の本に見入り、時にサイレンを捕縛しに外出する。サイレンが音だからといって、父が正常を保っているのかどうかわからない。

その予兆《よちょう》は失禁《しっきん》に顕著《けんちょ》だった。失禁は無意識の裡《うち》に起こる。尿のとき、便のときもある。尿漏《も》れとはちょっと異なる。尿漏れは小用に耐えられなくてちびってしまうのをいうのだそうだ。友人の内科医が教えてくれた。彼は泌尿器が専門ではないが、と断っての説明だった。医者が話すと妙になまなましく聞こえてくるので、専門性の持つ威力を実感した。下着を洗濯するのは妻だ。他の衣服や下着と一緒に洗うのはいくら洗濯機といえども、いや洗濯機内でごちゃまぜになるからこそ余計迷惑な話で、手洗いを先にしてそれを、洗濯機に放り込んだ。いやあねぇ、お義父《とお》さん、と妻が渋い顔つきをする。父はぼけっとして、まったく気がついていなかった。詫びているのか食い下がっているのか、自分でもわかっていないふうだ。逃げているのでないことはみてとれる。わざとではない。でもそうみえてしまう。

父はその日からすっかり肩を落とし、ベランダの窓から外を眺めて一日を過ごすようになった。私は帰宅すると、陽の落ちて暗くなった、星のでていない空を仰ぎみている父の肩に触れて、お茶に誘った。裏千家とかそうした伝統文化的な茶の湯ではない。二人だけで向き合っていただく煎茶の会だ。私はいつの頃からか、お湯を沸かしてまず急須をあたため、茶葉を入れて湯を注ぐそのときに、なぜか気持ちが落ち着くのに気づいた。精神統一といった大層なものではなく、ほんの「一服」のひとこまだ。息が安んじていて、自身の深い部分かららわきでてくる生の息吹があった。魂のような推し量れない、手でつかめない存在といえば、いいのか。父にも経験してほしかった。何かが父の裡で起これば、と願った。父は素直に私のまえに正座した。茶葉《ちゃば》が味を湯に染み入らせるのに数分かかる。この短い時間がなんともいえない。湯呑は磁器がよい。茶の色を素直に映しだすからだ。煎茶《せんちゃ》の黄緑色がその味わいの濃厚さを暗に示してくれる。それを両掌に抱え込んで口もとに運ぶ。舌の味蕾《みらい》が味を敏感に察知し喉もうるおう。

みると父は私と同じ所作をしており、妻がたまげている。父はなにかの型にあてはめるとすわりがよくなるタイプかもしれない。終日、外に目をやり、夕暮れになると飛行場にもどってくる旅客機を眺めているのが、一種の、父なりの在り方なのだろう。父はあるとき昼間はマンパク記念公園の「大空の塔」を眺めながら、あれはみあきない、とぽつんと告げた。大空の塔とはねえ……。

「茶の会」のあった週末の土曜日、父がにわかに百貨店にいってみたいといいだした。このごろはいい始めたらきかないので、私もひさかたぶりのデパートと気負って、いそいそとでかけた。幼い頃、母と、いまでいうデパ地下に夕飯の総菜を買いにいくのがうれしかった。ほんとうは母が買い物をしている間、屋上の遊具施設の乗り物で遊ぶのが目当てだった。そのとき私は真剣に遊んだ。小型自動車を自由に運転できるのが好きで、アクセルとブレーキのペダルを巧みに操り、楕円形の道路を何周もした。一回五〇円だった。二百円を握りしめ、他の遊具には目もくれず一回一〇分を四度の運転でこなした。

運転し終えて、エレベーターで地階に下りると、母が階段の傍らの椅子で待っていることになっていた。が、ある日、母がおらず私は途方にくれ、置いてきぼりを食らった気がして地下を探しまくった。そのときの、こみ上げてくる不安と焦燥はいまでも、くっきりとおもいだすことができる。なんのことはない、母はパン売り場で懇意《こんい》になった店員と話し込んでいただけだった。みつけた私はやっと安堵の念を得たが、急に泣き出してしまった。母の方がうろたえ、買い物籠を腕にかけたまま、ぎこちなく私を抱きしめた。私はしばらく涙がとまらなかった。

その母と通ったデパートに父と向かった。何年かまえに改築した噂は耳にしていた。父の歩みはおもった以上に遅く、青信号のうちに向こう側に着けるかどうか怪しかった。Ｔデパートの出入り口の大きくて厚いガラス窓に日が当たっている。歩行者専用の青信号がパチパチし出したそのとき、からだを「つの字」型にまげて杖をついた老婆が車道に繰り出した。のろのろと歩んでいく。真ん中まで行かないうちに信号が赤となっても、素知らぬ顔と動作が続いた。車を動かせない運転手の表情が窓ガラスの裡で穴の底のように映し出されている。困惑、苛立ち、迷惑……。ハンドルに顎をのせ思案顔のドライバーもいる。

するど父が期せずして叫んだ。コラッ、バアバア、ナンダ落チ着キハラッテ！　ヒカレテシマエ！　クソッタレ！　たいそうな剣幕で、老人代表のような威厳が備わっていた。私は父の顔をみた。烈火のごとく憤る父の真顔が映った。戦慄が全身を貫いた。父はまだ老いていない。やっと婆さんがわたりおえると、信号が青に変わった。結局車は発車できずじまいだった。私と父はゆっくりと一歩踏み出し、きちんとわたりおえると信号がパチパチして赤に変わった。背後で車が一斉に動きだした。ものすごいエンジン音だ。父は私の手を取って、拓郎、老イエテモ安ンジテハナラヌゾ、とすぐには理解できないことをいった。父は最近でこのときほど、意識が覚醒した折はなかったのではないか。

改装されたがおもいでの詰まったデパートはやはり昔の匂いを保っていた。父も私も深呼吸していた。この芳香はバターピーナッツだ。二人とも菓子パンが好きで、バターピーナッツの味には郷愁さえ抱いた。あんこも好きだった。特にドーナッツが。地下に行こうか、と促したところで、百貨店にやってきた目的など何もないことに気づいた。菓子パンなら近所のコンビニでも買えるのだから。父さん、ところで何しにここにきたわけ？　と尋ねてみると、父もさーてと首を傾げる。この匂いかなあ。それは私も納得している。どこの商店にもない芳香だ。父はすっかり陶酔している。

そうだ父さん、屋上にいってみようか。じゃあエレベーターで行こう。百貨店のエレベーターは女子職員が操作してくれたが、今は誰もいなかった。人員整理かなにか知らぬが客が自分で階のボタンを押すわけだ。父が足早に乗り込んで押した。私は「閉」を。扉は閉じたが動かない。他の客も不信顔だ。父をみると1を押している。これでは動くはずがない。あわてて私が父の手をはらい8を押し直した。8階からは階段で屋上に上がることは記憶にあった。父は動かないことにたいして疑問を抱いていなかった。実家のあるマンションでも同じ経験をした。乗り込んだ階のボタンを押しつづける揺るぎない自信に充ちた父がいた。

階段で最上階に出た。何一〇年ぶりかだ。それほど変わっていない。ただ遊具の場所が狭くなって、その代わり熱帯魚や鳥類、犬や猫売り場になっている。昨今のペットブームのためだろう。父は嬉しかったらしく、まるで幼児のように、仔犬のケージの前にしゃがみこんだ。猫派ではないようだ。私にはどうでもよいことで、遊具の動きに昔の自分を映しみていた。あそこに確かに自分がいたのだ。

仔犬に夢中になっている父の服の袖を引っ張って、屋外に出た。

正午過ぎの陽光がかっと降り注いできた。私たちはしばし目に腕を当てた。

昔の小型自動車乗り場の隣に、メリーゴーランドが新設されている。父が乗ってみたいという。そういえば私も乗ったことのない遊具だ。二枚チケットを買い求め、父は白いウマに、私は赤いウマにまたがった。上下に動きながらゆっくりと回転して行く。単純な遊具だがいまの父には合っているのかもしれない。ウマの鼻先についている柱を握って悦にいっている。立派な騎手だ。三回転すると動きが停まった。でも、父は下りようとはせず、今度は羽根の生えたウマに乗り換えた。私は仕方なく、チケットをもう一度買い、係のひとにわたした。

もし私がここで父を置き去りにして帰宅したら、父はどうするだろう。屋上で養女を放置して立ち去る養父を描いた映画をみたことがあった。娘のその後は描かれず、階段を下りてゆく男の無表情な顔がスクリーン一杯に映し出されて終わった。おそらく娘はしばらくして養父の不在に気づいて狂わんばかりに泣き叫ぶことだろう。私が地階で母の居場所をやっとみつけて泣いたのと違って、ほんとうに棄てられた自分の帰る場を求めて……。

私は次の回転が始まると父に手を振って、メリーゴーランドから離れた。父は相好くずして、騎手からいっぱしの騎士になっている。父の充足をみてこれ以上の満悦はない。

ふと背中を押す力を私は感じた。

屋内へと踵《きびす》を返して、階段に足を掛けた。

小石

信濃は山国である。

初秋ともなればさまざまな色合いに染められた葉が陽光に映え、きらきらと輝きが目にしみてくる。ここの土地の岩や石には生命が宿っていて、守護職の竹井三郎幸隆は当初はおどろいたが、いまでは自慢におもっている。蕎麦だけしかこれといった産物がないのだから、岩石に命と感覚が含まれるのはむしろ天の配剤だろう。岩には雌雄のべつがある。

あるとき幸隆は、ユリの花のオシベを採取して、庭先の岩の裂け目に押し込んだら、いったい何が起こるかと想像してみた。生き物なら内部で受精するはずだろう。そして何かを産するに違いない。ともあれ岩の性をメスと見定めてのことである。幸隆は受精で生まれ出てくるはずのものを用いてある策略があった。当時、室町から戦国時代にかけて、信濃の、今の松代辺りで、地侍の新丸五郎義重が権勢を誇っていた。守護職にある竹井家にとっては目障りな存在で、なんとかして「排斥追放」したかった。

幸隆は機が熟すのを待った。オシベを切れ目に押し込んだのが、昨年の初春だから、もうそろそろ小児《こども》が生まれてもいいのではないか。すると気温が上がるにつれ岩が苔むしてきて、ついに全体が苔におおわれた夏至の頃、岩の子宮がやぶれて、小石がぼろぼろと外に転がりでた。あるものは土をうがってもぐり、あるものは転がりだしてどこかへと去っていった。幸隆のもとには一〇個くらいの小石が残った。やはり岩の裡で受精が起こったのだ。幸隆の目に狂いはなかった。そして岩にも性別があることをいかにも不思議だとおもったが、あまり地味の肥えた土地柄とはいえない信濃国の宝として守るべき資産で、他国の者にめったに喋ってはならぬと自戒をこめ、それらの小石にはきっと何らかの力が秘められているだろうと踏んだ。

そこでさっそく幸隆は一計を案じ、城下の石工の棟梁与衛門を召し出した。幸隆の御前でちぢこまっている与衛門に、幸隆は与衛門よ、かの地侍新丸一族の文武に秀でた頭《かしら》である五郎義重の力を探ってきてもらいたい。それでこの小石をわたすから五郎義重にみせて、石の効能を見抜けるかどうか確かめるのだ、どうだ？　効能でござりますか？　そうじゃ、この石にはある力が潜んでいると儂は考えるのだが、儂には見抜けぬゆえに知見の広い五郎義重殿にお願いいたす、と伝えてほしい。与衛門としてはご領主様からのたっての願い。断るわけにもいかず、石を押し頂いて、さっそく五郎義重の下に出向いた。五郎義重は評判通りの兵《つわもの》で、拝謁の座敷には与衛門風情の理解を超えた書が床の間にかかっていた。与衛門は座敷が身分不相応の場だとは知っていた。庭先で充分なのだ。ただ自分が守護職竹井家からの遣いゆえの待遇だからだろう。畏れ多いことだ。

そこへ五郎義重が現われた。与衛門は平伏した。よいよい、まずは面《おもて》をあげよ。ははあ。与衛門は義重の膝に視線を合わせた。竹井様のご用事とは何でござる? はい、みどもが持参しました「小石」をご覧の上、その効力をお計りいただきたく……。小石か。はい。ですが、単なる小石ではなく、裡に何らかの力を宿しているのだそうでございます。ほう、力とな。竹井の殿様がそう申されたのか。そうでございます。ご覧いただけますでしょうか。

むろんじゃ。与衛門は用人に石をわたした。すぐに義重の手にわたった。小石にしては重いの。はい、効能がありますゆえ。そう答えた与衛門には、義重が矯《た》めつ眇《すが》めつ石を眺めている姿が映った。これは品格があってたいそう美しく高尚な石じゃ。眼福《がんぷく》に与かった。竹井様にお礼を申し上げてくだされ。ははあ、とかしこまった与衛門だが、五郎義重は小石の美しさや気品は褒めたが、肝心の効力については一言もいいおよばなかった。与衛門はそれを問おうとしたが、気おくれして訊けず、城にもどって、ありのままを幸隆に伝えた。

そうか、気品だけはわかったか。だが目当ての力のほうは無理だったか。幸隆は石工の与衛門を使者にしたのが、ひょっとしたら間違いのもとだったかもしれない、とあくまで五郎義重の眼力に信を置いていたので、今度は金細工師の作三《さくざ》を召し出して、同じ内容を伝えた。

作三は何か感づいたらしく、一瞬、宙に目をやると、承知つかまつりました、と答え、石を三個いただけますでしょうか。一個ではまずいのか。はい、念のため数個の方が、新丸の殿様にも比較ができてよろしいかと。それもそうだ。好きなだけ持ってゆけ。ありがとうございます。

作三はすぐに五郎義重の屋敷に向かわず、城外で三個の小石に目を凝らし、殿の仰せの力とは何かを考え巡らした。金細工に長けた職人としての矜持《きょうじ》もあってか、他人《ひと》事ではすまされない。こちらが先に効能を見定め、五郎義重を試すかたちの方がよいだろう。かなりの重量があるこの小石の裡なる可能性とは何か。

殿様は城からの去り際に、これなる小石がみなメスの岩石の子宮から地にこぼれ落ちたものだ、と庭の片隅の岩を指さして、信じ難い示唆を与えてくださった。岩石に子宮があるのかどうかさえわからなかったが、信濃国のいいつたえに岩にも石にも雌雄のべつのあることは知っていた。だがその実物を目にするのは初めてで、からだが震えた。小石は岩の小児に当たるわけだ。ならば息をして生きているはずだ。

作三は石を耳にあてて息の音《ね》を確かめようとした。すると裡から、呼吸の音、人間なら心の臓に当たる鼓動が遠くから聞こえてきた。そうかこうした生命の力が素で何らかの力を発揮するに違いない。しばし沈思黙考してから、三個にたいして作三は、ある奇策を胸に潜めて出発した。

五郎義重はまた参ったかと口許に微笑をたくわえ、作三と、今回は庭先で面した。作三は考えに考えを練って身につけた自信を心中にみなぎらせて、殿さま、もう一度お確かめください。あの小石のことかな？　はいそうでございます。今回は三つでございます。ほう、三つか。竹井様も諦めがわるいお方じゃのう。はい、殿には何か存念があるようなのです。どれどれまたみせてみよ。作三は与衛門と同じように用人にわたした。それを五郎義重が受け取って眺めた。作三はその石が生きているとは知らせなかった。この知識は金細工師の特権だと信じていたから。

五郎義重の反応は与衛門のときと寸分も変わらなかった。ただただ高邁で美しく気品に充ちた石だと答えるばかりだった。石はすぐに作三の手に、一個ずつもどされた。作三はかしこまって、殿様、この小石、実は生きているのです。お気づきになりませんでしたか。五郎義重は縁側に走り寄って身を乗り出し、ばかを申せ、石が生き物であるはずはないわ。拙者をたばかる気なのか。いいえ、滅相もございません。この小石には母親がいるのは確かなのです。ほう、母親がのう。はい。ではその証を立ててみせよ。かしこまりました。

それでは、と作三が答えて、まずこの最初の石を握りしめますと、お庭の池の鯉の数が三倍に増えるはずです、といいきって、握りしめた。鯉が三倍にだと？　外記《げき》、みてまいれ、と初老の用人を顎でしゃくった。外記は草履をつっかけて、庭の奥の池に急いだ。

後ろ姿から入念に池をのぞきこんでいるのがみてとれる。振り返って叫んだ、お屋形《やかた》様、ほんとに三倍に増えていますぞ。ご覧くださいませ。まことか、と腰を浮かせた五郎義重は、さっと庭におりて池に向かってすたすた歩いていった。おお、これはたまげたものだ。増えておるな！　踵を返して、作三と申したな。いまのは秘術か、それとも妖術か。もどってきた五郎義重に、いいえ、この石の効能です、と作三はしずかに返答した。

たいしたものだのう。はい、これらの石はみな生きていてなんらかの力を裡に秘めているのです。その力を引き出すのがわたしの役目なのです。そうか、そちは秘術使いかの？　いいえ一介の金細工師に過ぎません。魔術師にたとえる者もいますが……。

ではその次の石の効果をみせてくれ。はい。作三は二個目の石を掌にのせ、これを握ると蕎麦が小麦に変わりましょう。えい、と掛け声を胸の奥で絞って握った。さあ、ご用人殿、お城の外に出て、田畑をお調べくだされ。外記、すまぬが行ってまいれ。よろしゅうございます。そんなことが起こっているとすれば、天変地異の先触れぞ。外記は腰を多少とも

「つ」の字型にし、そこに左手をあてがって城外に去った。

ここはあくまで比較の上だが、五郎義重の屋敷は城と呼べるほどの造りではなく、砦に映った。殿ではなくお屋形様と呼ばれているのがその証だ。庭の池も鯉もなんとなくそぐわない。だが、このぎこちなさが新丸一族の底力なのだろう。洗練された守護大名からすると不気味なのだ。

半時ほどして外記が、あたふたとうろたえながらもどってきた。お屋形様、この目でみてまいりました、ほんとうです。小麦畑に変わっています。今年は豊作です。五郎義重は目を丸くして、まことか、蕎麦でなく小麦が。これでうどんが作れるのう。お主、小麦が蕎麦にもどってしまうことはなかろうな。はい、竹井三郎幸隆公に刃を向けることがなければ。おお、それはない。このような豊かな土地があるのだから。年貢を納めてもよいぞ。そうですか。殿にお伝えします。さあさあ、それでは最後の石を握ってみてくれ。

わかり申した、といって作三は三個目の石を、歯を食いしばって、掌のなかで、精一杯の力で握りしめた。とたんに作三の姿が石もろとも宙に浮き、透明となって五郎義重の前から消え、幸隆公の城の庭先にあった。そのとき公は庭の植木に鋏を入れていたが、ふとひとの気配を感じて振り返った。幸隆公は、突然現われた作三におどろいて尋ねた。いったい何が起こったのだ？　そうか五郎義重が石の効能をいいあてたのだな。しかし作三は金細工師の矜持で、自分が握っての結果であることを伝えた。それでは五郎義重の力量ではないのだな。

……そういうことになります。ならば役目を果たしてはこなかったことになるではないか。

作三にしてこのありよう、何たる失態！　申し訳ありませぬ。

新丸一族排斥追放の件は幸隆の脳裡から消えずに残った。石が一種の宝石でその効能が、鯉の数を増やすこと、蕎麦を小麦に変えること、握った者を透明にすることを幸隆に伝えたが、これらはみな作三の功績で、五郎義重の才覚ではない。

幸隆公は熟考してこのことに気がついた。岩石に備わった力を作三の策術で生かしめたのだ。それにしても作三の見事さよ。石の意図を何らかの形で作三が感覚した、そうなのに決まっている。あやつは透明となり空を翔ける人間になったに違いない。石にも感覚があって、互いに通じ合うもの、共感し合うものを両者が共有しているのだ。身分は低いがこうした力を身につけている男は優遇するのに越したことはない。

作三は自分の姿が消えたとき、消えたと思った。不思議な感覚だった。全身が浮いて透明になった自分をみつめているのは自分しかいない。その事実が彼を歓ばせた。そして他人からはみえなくなった四肢が勝手に動いて、犬かきさながらに手足をバタつかせて幸隆公の庭先に向かっている自分がいた、すれ違った眼下の道行く農夫たちにも気づかれず……手に小石を握ったままだ。

石は確固として大地を成すモノだが、それを握っている作三自身は透明という実体のない人間になっている。実在する所有者から実在性を奪う力が備わっているかもしれない。いまさらながらびっくりした。さらにおそらく小石はその能力を察知している者にしか効果をもたらさないに違いない。そして二個を棄て、三個目の小石だけを懐に潜ませた。

幸隆は庭でことを成し遂げてきて鼻を高くしている作三にいった。作三よ、いまの報告によると、お主は自分の雅量を報告しただけで、五郎義重のそれは申しておらぬが、どうだ？これでは出兵しなくてはならぬがの。儂の申していることがわかるか。五郎義重に自分と同じくらいの眼力や教養があることなど全くわかっていないではないか。もういちどよくおもいを巡らせてみよ。一方で幸隆は作三が突然帰ってきた件については、幸隆自身も説明がつかないが、石の効力で、そうした石を産出し得る、ここは恵まれた土地柄だと考えれば得心がいった。

だがそれでは話は終わらない。作三、まだ残っている石から選んで再び先方に出向き、義重の真なる力量を調べてまいれ。こんどはあやつに握らせよ。……はっ。思わぬ命令だった。期せずして首をひねったが、そうかそういえば殿の仰せの通りだ、と得心するのに時間はかからなかった。作三は岩を横目に石を、今度は一個だけ拾い、立ち去った。あとはなるようになるしかない。小石の効能が新丸のお屋形さまを魅了するかどうか、情《おも》いを小石に託すしかあるまい。五郎義重にその力がないことはすでにわかっているのだけれども、双方に共感し合える「親和力」がもし備わっていて初めて成ることでもある。うまく行けば五郎義重も納得するはずだ。

五郎義重は二度目、いや正確には三回目の職人づれの訪れに多少とも不機嫌だった。またきたのか、勝手に消えたそなたが何用ぞ。いい加減にせい。幸隆公の心根はなにか。それでは申し上げます。公はこの小石の効能をお屋形さまに解いてほしいとのご意向なのです。拙者は褒めたはずだが。はい、それは外見であって中身ではありませんでした。与衛門もわたくしめも「効能」を、とお伝えしたはずですが。……そう言えば確かにそうじゃった。ふむふむ。だがそれは拙者には荷が重すぎる問いかけじゃ。拙者は武士で金細工師ではない。技《わざ》は持たぬ身よ。しかしながら、愛《め》でるだけではなく、掌にのせ握ってくださらなければ結果はわかりませぬゆえに。そういうものかのお。はい。技は実行の裡にこその姿を顕わすものです。

外記、どうおもう？　はい、この者の説にも一理ある、と。そうか、そうよのう。では外記、持って参れ。作三は外記にわたした。結果は目にみえていたが、職務を果たさなくてはならない。

五郎義重は受け取ると、右の掌でころがしてみてから、ぎゅっと握りしめた。作三と外記は目を凝らした。……消えなかった。ただ宙に少しういた。三人一緒に、あっ、と叫んだ。とりわけ義重は、ういたぞ、と声を上げた。兵と小石が共感し合ったのだ。作三は胸を撫でおろした。これでお役目は果たせた。幸隆公にはありのままを伝えればよい。戦をするかどうかは幸隆公の算段に任せるより手はないだろう。工匠のでる幕ではないのは充分承知だ。

城への帰路、作三は懐に隠しておいた例の三個目の石を取りだして、再度握りしめてみた。だが浮遊感は生じなかったし、自分が透明になっていないことも寸時に察知した。奇蹟は一度しか起こらかった。小石が一回こっきりの生命《いのち》を燃焼させたのだ。けれども作三の心底には不思議とある達成感が芽吹いていた。

黄泉《こうせん》

小学生の頃、父を訪ねてくる客に加渡《かわたり》さんという父より年輩のひとがいた。いつも父の居る「茶の間」に玄関からスススと進んでいく。まるで要領を得ている我家といったふうに。そして二時間くらい父と話し込み、またスイスイと玄関に向かい帰っていった。

その加渡さんが火事で焼け死んだ、と父から聞いた。

氏は椅子からの立ち上がりさま、石油ストーブの火が羽織っているガウンに引火し、大やけどをして死に至ったらしい。さぞかし熱かっただろう。いやそれどころではなかったに違いない。

このような過去の出来事をおもいだしたのは、漫画家の横山光輝氏が火で死去しているからだ。氏の場合へビースモーカーのせいらしいが、加渡さんの死にざまと重なった。六九歳だった。私は横山氏の『伊賀の影丸』の愛読者で、掲載誌『少年サンデー』を毎週買っては読んでいた。これは少年期のひとつの「出逢い」で、その時代背景、例えば「若葉城」のつり天井、幾度も生き返る天野邪鬼の存在の真偽を父に問うたくらいだ。父が本当だと答えたその心根が未だにわからないものの、私は大いに納得した。そして手塚治虫氏と横山光輝氏を漫画界の双璧とみなすには時間はかからなかった。『鉄腕アトム』と『鉄人28号』の存在があったからだ。この二作品は雑誌ではなく、テレビのアニメ作品で出会っている。双方の違いはアトムが一定のエネルギーを注入されれば自分の「意思」で空を飛び、敵と戦ったりするのにたいして、鉄人は巨大な鉄製のからだに、それと比較するといかにも小さい頭部をのせていて、正太郎少年の手による操縦機で動くことだ。自分の意思ではなく、操作器具を握った者のおもうがままとなる。

アトムも鉄人もロボットだが、作者の意図が反映しているのは明らかだ。手塚治虫のほうが主体的なロボットを、横山光輝は操縦桿という介在を通して、という二段構えだ。いずれがよいかどうかはひとそれぞれだろうが、アトム派よりも、鉄人派をみつける方が難しいだろう。というのもたいていのひとは自分が鉄人派であることに気づいていないからだ。心底自分の意思で行動しているひとなどめったにいないのだ。みな何か、何者かの指示や感化を受けて動いている。ただそれを察知しないだけだ。アトムのように生きるほど試練を要することはない。だれもが確固たる自分の意思を抱いているわけではないのだ。

アトム派のひとは自分が「生きている」と信じている。鉄人派は、「生かされている」と考えている。どちらが良いか悪いかの問題ではなく、生きてゆく姿勢が関わってくる。

みなに鉄人とあだ名されている人物を私は知ることになる。きっかけは単純なことだった。その人物が経営するゲーム・ソフトを作る会社に入社したことによる。面白いことに鉄人というニックネイムがまさにぴったりだと理解するのに時間がかからなかった。あだ名の由来はさておき、体躯が鉄人にそっくりだった。ロボットの鉄人は鉄製のためかニコリともしないのだが、その人物も終始仏頂面だ。これまでの人生でどこかに笑顔を置き忘れたか、あえて棄て去ったのか。表情があるとしたら、苦虫を噛みしめたそれだ。生きているのが愉しいとはとても考えられない。

毎日社員よりまえに出勤し、玄関口で掃き掃除を行なう。大きなからだゆえ、その行為が健気《けなげ》に映り、社員は微笑み、ご苦労さまですと声をかける。でも鉄人は無表情だ。ひょっとしたら社長は口下手で、あえていえば、掃除でしか自己を表現できないのかもしれない。みなが口をそろえていうには、掃除を操っている操縦桿がきっとどこにあって、だれかが操作しているに違いないという疑念だ。しかし社長の善意の作業をそうけなしては、いくら鉄人のあだ名の社長といえども、気の毒だろう。

鉄人の本名は栗山育則《いくのり》という。社員になんらかの連絡事項があるときには、秘書の柳原九里子が仲介してくれる。鉄人はこの九里子としか話をしない。それゆえ九里子の存在は重く、風邪でもひいて休むと、一日中、社内は沈黙に閉ざされる。鉄人も社員ももくもくと机に向かうだけで、ブラインドタッチができない鉄人のキーボードをたたきつける音だけが響きわたる。社員どうしも暗黙の了解か、話をせず、パソコンにひたすら向かっている。

それを眺めながら、強烈な寂寥に私は襲われる。みながパソコンに向いている姿は異様だ。空気は声で破れないから静謐で、裏を返せば、流動せずに停止している。空気にも感覚が備わっているという考えの私からすれば、生きているはずの空気の躍動が無理やり止められて、悲痛な声が聞こえてくる。空気が淀んでいると、空気も生き物だからそれを負担とみなして疲れ切り、空気どくじの生活を営むことができなくなる。

ああ、空気の感覚はどうなるのか？　と私は一声を発した。それでも誰も振り向かない。鉄人ももしかしたら、そうした受苦の要素を身内に抱えているのではないか。彼はなんといっても社長職にあり、社員との交流を第一とし、むろん社員の名前も覚えていて当然なのに、その役を担っているのが九里子なのだから不可思議だ。いつのまにか社員も自分の名を鉄人に覚えられているとおもわなくなり、掃除の際のご苦労様もいわなくなった。

体躯がひとなみ以上に大きなことは、それがスポーツ選手ならともかく、こうした一般的な企業では「邪魔」「暑苦しい」に尽きる。机と机のあいだを通り抜ける際の恰好といったら、蟹の横ばいの変形よりも奇天烈《きてれつ》だ。両腕を上げて足を擦らせつつ歩むしかすべがない。椅子の背に触れることもあって、女性社員など気持ちわるがっている。

心苦しいが、社長自身の日々の行ないから醸し出される雰囲気で、いずれに罪科《つみとが》があるか、はっきりと決めがたい。ハラスメントなど結局は人間関係によるもので、ハナからいちがいに決めにくい。鉄人のような体格のひとは先天的なものであろうから、社長本人は気の毒である。でもそれを社員の誰もが気の毒とみなさないのが社長の背負った宿命か、あるいは必然か。必然のほうがやわらかく聞こえるが、人間は定められた運命を必然として受け容れ、二つを調和させて生きてゆかねばならない。

この伝でゆくと、アトムと鉄人の組み合わせはうまくゆくのではないだろうか。アトムはエネルギーの補給で空を飛び敵をやっつける使命を担い、正義の味方で、科学の子である。鉄人は操縦桿しだいで人間の意思を必然と捉え、操縦機と人間のおもいを調和させ空をとび、敵と戦う。アトムは肘を直角に曲げて握り拳を作り、一方鉄人は掌を固く閉じて腕をまっすぐ伸ばして飛行する。その姿――アトムは軽妙洒脱だが、鉄人は重量感がつきまとう。やはりアトムから主体性が、鉄人からは受動性が感じられる。みなアトムに憧れるだろう……だが、繰り返しになるが人間の本質は鉄人的サガだと私は考えている――生かされている、のだ。

社内では朝、社長が決めたその日の業務予定を九里子が各社員に配布するところから始まる。もちろん無言のうちに開始される。業務を九里子にわたす際、社長は掃除のあとで汗をかいているときがあって、タオルで額の汗をぬぐいながら手わたす。社員の誰よりも早く出勤し、「ひと汗」かいて、社長席に腰を落ろす。きしんだ音がする。

ある初夏の夕方、私はじっと九里子に目をやりながら、あることをおもいだしていた。それは前日の仕事の残りを定時の出社前に片づけてしまおうと、いつもより四〇分ほど早くに出社した折のことだ。前庭の掃除の役の社長よりも早くに九里子が出社していて、社内ですでに仕事に取り掛かっているのだった。私に向かって、あら、早いわね、とちょっとおどろいたふうに口もとをつぼめた。色気がただよい、ぞくぞくとした。もともといい女なんだ、とおもいなおす私がいた。椅子に腰かけ抽斗《ひきだし》を引いた。そこに社長がのっそりとやってきて九里子のまえで、なんと一礼した。九里子は顎を後ろにぐっと引っ込めて応えた。まるで亀が短い首を甲羅のなかに押し込むさまに似ており、普通では目にしえない光景に視野がゆらいだ。

そこで鉄人28号と正太郎少年が脳裡に翻った。そうか、鉄人社長を操縦しているのは九里子なのか。早朝、前庭を掃き浄めるまえに社長はその日の仕事内容を九里子から訊いているのだ。そして社員が三々五々とやってくる時分には前庭にいて、九時から九里子に伝えられたその日の仕事内容を、知ったかぶりをして秘書九里子に咀嚼するように、本当は九里子から噛み砕いていわれていたことを、社長然として九里子に伝える。九里子はそれをうやうやしく押し頂くように聞き、私たちに指図するのだ。

アトムはエネルギーさえ充ちていれば、という条件づきだが、自由自在、自分の意思で動きまわれる。鉄人は操縦桿を握る者がいなければ能力を発揮できない。鉄人の動力は何なのだろう？　あの鉄の塊のすべてがエネルギーでも、動いているうちに鉄じたいが消費されたら、活動時間に限りがあるのではないか。社長も会社での一日の作業で目いっぱいの活力を使い果たしているのでは？　だとするとアトムより悲しみを背負い生きている。それは私たちも同じことだ。

それにしても、会社の「社長」でなくて「社主」はいったい誰なのだろう。鉄人は九里子に、その九里子の上には皆の知らない人物がいるのか。給与の支払い元は誰か。

私はある日の三時の休憩時間に、九里子に尋ねてみた。その方は火事がもとで亡くなったわ、と予期せぬ答が返ってきた。そのひとが鉄人の生みの親よ。うーん、よくわからないな。はっきりいってあの社長は無能よ。わたしの差配がないと何もできないもの。せいぜい前庭を掃くくらいが関の山。でもいいのよ、ひとには天分というものがあって、それに基づいて暮らすのがいちばん仕合わせなのだから。

わかる気がするけど、ならどうしてあのひとが社長に？　さあ、それは作者の先生に訊いてみなくちゃね。作者の先生って、誰？　簡単だわ。アトムは手塚治虫先生、鉄人は横山光輝先生よ。……あの漫画家の？　そうよ、他に誰がいるっていうわけ。私は言葉に詰まって、九里子をまじまじとみつめた。

わかった？　わたしが操縦士、正太郎少年なの。

その役を担っている？　そうよ。混乱してきたな。

ちょっと待ってくれ。私は額に人差し指を突き刺して考えた。どうもおかしい。九里子によればまず手塚治虫が六〇歳で他界し、横山光輝は火事で没したという。

だいぶわかってきた？　あっ、もしかして加渡さんと同じ死に方を？　横山光輝はニュースでは焼死としか報じられていなかったけど……。ありうるかも。いや、むずかしいな。いつのまにか他の社員も耳を傾けている。珍妙な顔つきだ。

あのう、と隣の矢谷《やたに》由香里がいった、うちの会社、もしかしたら、社主って横山先生で、鉄人は栗山社長、操縦桿と正太郎少年が九里子さんじゃないの？……。なるほど、そうか。

それなら辻褄が合う。社主の先生は死んでいるから現われない。なぜか。それは、と今度は矢谷が、私を指さして、片寄《かたよせ》さん、あなたがこの話の作者だから、横山先生を登場させてあげなくちゃ、と得意げにいった。私は面食らって二の句が継げなかった。確かにこの話を書いているのはこの私、片寄大樹だから。

矢谷の一言で私が語り手で社長である鉄人を創作上動かしており、かつ私もその世界に入り込んでいることが焙《あぶ》りだされた。語り手が登場人物と一緒にいる。それを図らずも見抜かれた。スキがあったのか。いや、小説にこうした例外が認められていいのか。

小説のなかに作者である書き手がもぐりこんでしまっては公平性が失われる。作者は登場人物と一定の距離感を持たねばならないのだから。矢谷さん、どうして私が作者だとわかった？

空気に感覚が宿ってるって気味のわるいこと喋っていたでしょ。ああいうことを口にするのは片寄さんを除いてほかに誰もいないわ。……そうだった、いったのだった。しかしいまの私は、アトムと鉄人が空を翔けるときに空気に亀裂を生じさせていることから、空気に感覚があるという点を、その観点から捉えていた。だが、普通のひとにとっては気色わるいことだし、そんなことを語っては自分が変人だと思われるのがオチだ。

それで意を決して、みんなはどうだい、と尋ねてみた。九里子をはじめ、みな不思議そうに私を見返した。矢谷を除いてだれも気づいていないのだ。矢谷がそれほど感受性豊かな女だとは感じていなかった。ごくふつうの会社員のはずなのに。「感覚」を見破るとは、尋常ではない。

私はからだの内奥をえぐり取られるような恐怖を覚えた。自分と同じ種類の人間がこの世にもうひとり存在していることの驚愕《きょうがく》と違和感、その人物とやがて齟齬が生まれることが想起されて、もうこの会社には居られなくなるのではないか……。

アトムと鉄人のことが脳裡に翻った。

矢谷はそこまでは気づいていないだろうが、彼女は鉄人派だろう。九里子の命じるままに動いている。それでも鉄人とは違って感覚を感得できる能力がある。アトムはどうだろうか。アトムには鉄人にはない会話能力があり、意思疎通が可能だ。その点、操縦桿でしか動けない鉄人から、ガオーという唸り声を聞いたことはあるが、意味のわかる言葉はない。嫌味のないいい方をすれば、意思のない獣に等しいが、パワフルな存在感はある。それにしても、矢谷が空気に感覚が宿っている旨の発言を私がした、といったのには……。

ともあれ私は自分の居場所である語り手の位置に還らねばならない。そのためにはこの物語を先へと進める作業をもう止めることだ。その居場所のことだが、もうここまでバレテしまったからには、私じしんがロボットになり、アトムや鉄人と相対していかなくてはならないのではないか。

もう一人の漫画家が想起される。石ノ森章太郎氏だ。彼の傑作『サイボーグ009』にみるサイボーグに私が変身して、アトムと鉄人とわたりあえばよいのだ。サイボーグとは、人工臓器でからだの一部を改造した改造人間をさす。以前、これに類する小説を読んだことがある。それは板チョコくらいの大きさにしつらえた人工腎臓を脇腹に植え込んで、慢性腎不全で機能不全となった腎臓の代わりをさせるという設定の作品だった。自前の腎臓を残したままその横に移植する。

身内や他人の腎臓ではないので、拒否反応の恐怖はない。臓器は半永久的な電池で作動するので、機能不全も起こさない。だが物語が進むにつれて、主人公が板チョコを異物と感じ始め、人工ではない人間の臓器の移植こそが筋が通っているとみなし、板の臓器を摘出してもらうという具合に展開していった。

臓器の居場所という肉体面での難題があり、作者自身の居場所探しと重なっていたと私には映った。サイボーグがもしそのようなもので、アトムや鉄人よりいっそう人間に近いとしたら、作者の石ノ森章太郎の自画像が垣間みられる。

私がサイボークとなることでわかりうる点といったら、アトムや鉄人に似て非なるロボットだということだろう。でもしょせん、私がサイボーグになるのは無理だ。私はあくまで人間であることを望んでいるから。

それでこういう手を考えてみた。三人の大家に登場していただいて、制作の秘話を語り合ってもらうのだ。サイボーグだけちょっと異なる存在になるが、お三方とも確かそれぞれおよそ四歳ずつ年齢がはなれているから、勝手な見込みだが方向性のある議論となるのではないだろうか。なぜなら三名の代表作が、未来世界を指向し人間以外の生命を創造しているからだ。それは彼らの心中にあった願望と思考形態と心情の発露に違いない。創作上の秘密・動機を聞くまたとないチャンスだ。

懸談《けんだん》の場は「会社」の会議室とした。冥界からわざわざきていただいた三人の大家は椅子にもう腰をかけている。私が司会担当で、そしてこちらが口火を切るまえに手塚氏が話し出した。

手塚――ぼくは死ぬまで病名を知らされなかった。描《か》きたくて描きたくて、鉛筆を握ってもすぐに意識が遠のく。あの頃、癌の告知は一般的ではなかったのだろうか。息子に主治医に訊いてくれと頼んでも、いっさい耳を貸してくれなかった。どうやら胃癌で、肝臓まで転移していたらしいが、それなら、それを題材にして、ぼくも医師だから、客観的に描けたはずだ。そうだろう、みんな？

横山、石ノ森はもっともだと頷いた。

横山――わたしの場合は弁解ができないんだ。煙草を一日中手放せないヘビースモーカーでね。寝煙草も毎度のことで、あの夜もネイムを入れているうちについうとうとしてしまって、気がついたときにはもうあたりは火の海。紙が相手の仕事だから、もう一発でダメだったな。仕事場をでたにはでたが、煙と火にまかれて、仕舞には何がなんだかわからなくなっていた。それが自分を自分として意識した最期だった。

石ノ森――僕も先輩方と同じく仕事人間で、人生がいつまでも続くと信じていたんですけど、悪性リンパ腫といった癌の一種に襲われてしまいました。自分がサイボーグになるしかないと飛躍しましたけれど、どだい空想の世界ですから無理でした。振り返るとそれほどつまらない人生でもなく、かえって充実した一生だと思うや、死を受け容れられましたね。

私はぽかんと口を開けて聞いていた。制作上の秘話を、とテーマを提示していたのに、話題は初っ端から末期《まつご》の内容だった。制作上の秘密事項とは、三人とも生の止揚《しよう》である死だったのだ。

アトムは最高度の知能をもちながら、自己の病名さえ知らずに逝った。鉄人は燃えるはずのない鉄の鎧で身をかためていたのに、火に耐えられなかった。サイボーグ009は、受容の境地にはやばやと達して、おそらく従容《しょうよう》として死についたことだろう。

三人はそれから雑談に移った。泉下からわざわざ出向いてきていただいたのだから、みずから漫画の登場人物に託して表現したかった死に際の話を言い残したかったはずで、それを語り終えたら、あとは気の向くままに、といったところなのだろう。

和気あいあいとした時間が流れ、やがて黄昏《たそがれ》どきになると、さてあの世にもどろうか、と手塚氏が提案して腰を上げた。横山氏が私に会社のことを託すと、石ノ森氏の腕を取って、一緒に立ち上がった。

三人はいずことなく消えていった。私はぼうっとして空をみあげ、三人の影を透かしみた。

湯屋

父が肺癌で母の手厚い看病にもかかわらず他界して半年ほど経つと、母は郊外に土地を捜し始めた。生前にも何度か夫婦で土地をみにでかけていて、ここがやがてうちの所有地になるという空き地を教えてくれもした。

私は札幌市の西部まで街中の家から自転車で向かって、近い将来建つことになるだろう新居のことをあれこれと空想した。友だちも連れていって、ここに引っ越すつもりだと誇らしげに吹聴したこともある。しかしその山鼻地区の土地は結局わが家のものにはならなかった。父の遺産を相続した母にはおそらく土地を即金で購入できるくらいの現金が入ったのだろう。母は今度こそきちんと土地をみつけ家を建てて転居するといった。母は不動産業者をブローカーと呼んでいた。私はなぜだかブラックなイメージを連想して、どことなく悪辣な人相の男たちをおもいうかべた。勝ち気だがひとのよい母がそういう業者に騙されなければよいがと心配だった。それを母に忠告めかして口にだしてみると、大丈夫よ、ちゃんと森口先生がついて下さっているから、とすました顔で応えた。

中学生になってもう占いの信憑性に疑問を抱いてもいいはずの私も、あっそうかそうだったねと変に納得したように答えてそれ以上何も追求しなかった。だがあとでよく考えてみると、だからどうだっていうんだという気が起こって、得心した自分がおかしかった。しかし森口先生の名はそれくらいの威力を持っていた。森口先生は占いをするひとだ。本職は仕立て屋さんなのだが、方位や家相や姓名判断をみるのを副業としていた。

針を持って縫い物をしながらこちらの話を聞いて、それはねえといつも前置きして説いてゆくのだった。五〇過ぎだということだが、私にはもっと老けてみえた。額が禿げあがりぶ厚いレンズの眼鏡を小鼻の上にちょこっと載せて、下から覗き込むようにこちらをみた。それは童話の挿し絵に描かれている魔法使いの仕草によく似ており、だから今でも私は森口先生が黒っぽい服を着ていたという一方的な記憶しかない。

母はいろいろなひとに占いをしてもらっていたが、森口先生が一番よく当たるとほめた。あるとき材木商を営むという中年の四角い顔の男が客としてやってきた。母は初めはそのひとをさん、と呼んでいたが、話の中心がいよいよ占いに移ると急に先生といいだして居住まいを正した。母は癌にかかって死去した父のことをみてもらった。父の名前を書いて差し出した。それをその男は文字の画数を計算したり、最初の字と最後の字の字画をたしたりした。そして父のからだが虚弱なことを、各部の障害を例に引きながらとつとつと語った。いちいち頷かざるを得ないほどよく当たっていた。母は黙り込み、私はすっかり感心した。

私は自分の名もみてほしいと申し出て、父の名の横にさっさと自分の名を書いた。母はこれ、と制したが、男はにこにこして紙を手に取った。計算をせず私の名前に目を凝らした。私は待つのももどかしく、何でも好きなものになれますか、たとえばバスの運転手にでも、と問いかけた。すると男はおもむろに、なれますよバスの運転手にと低い声で応えた。この名前は自分のおもい通りのものになれる強い運勢です。よかったあ。私は素っ頓狂な声をあげた。母と男が笑った。もうおまえは部屋にいっていなさいと母に命じられ、私はその場を離れた。

この男はこれっきり家にはこなかった。母に訊くと、鑑定料が高すぎるし、いっている内容がおおざっぱすぎるからもうやめにしたと話した。森口先生に一回どれくらいのお礼を支払っているかはわからなかった。それよりも母が礼金をわたしているところをみたことがなかった。副業というのは私のおもい込みで、趣味でやっているのかもしれなかった。

先生によると、七月に入った頃に西線地区のべつの不動産屋を訪ねてみるのがよいということで、そのときは私も同行することになった。業者にはあらかじめ電話をしてあったらしく、応接室に通されるとさっそく市電の、山鼻や西線地区沿線の地図がテーブルに展げられた。藻岩山に近いこの二つの地域に住むのは母の一種の憧れだった。たぶん札幌市のなかでは中流以上の人間が暮らす地域という定評を信じていたからに違いない。

またこの地区には母が私を進学させたいと願っている公立高校があって、その道内随一の学校があるおかげで教育熱が高かった。母にはとにかく私を大学まであげるという強い意気込みがあった。

いまのところ、この二つの土地がよいと考えるのですが。実際にご覧になってみませんか。口髭をたくわえた三〇過ぎくらいの男が丁寧な口調でいった。二つは山鼻と西線地区沿線に一つずつあった。母はみてみますと積極的に応えた。

そこで私たちは業者の乗用車に乗せてもらって出発した。その車も並の自動車ではなくホワイトボディの大型車で、私はどこかの会社の重役になった気がした。最初に向かったのは遠方の山鼻地区の土地だったが、私は目的地らしき所に近づくにつれてまさかと勘繰りだした。母の横顔を盗みみると、わざと素知らぬ表情を繕っていた。果たして車は、購入を予定していたが結局買えなかった例の土地の前で止まった。

私と母は何食わぬ顔をして車を降りた。六〇坪あります。草ぼうぼうですが、もちろん整地したら立派なものです。私は何度も目にした長方形の土地をいまさらのようにみわたした。

母も同じ素振りで、どうして売れないんですか。こんなにいい場所にあって、と探るように質問をした。そうお感じですか。私どもも不思議なんですが、土地を囲んでいるアパートが嫌だと断ったお客様もいらっしゃいました。業者の言葉はもっともだった。

この土地は三方を木造の古アパートに囲まれていて窓には洗濯物がかけられていた。家を建てたとしても、二階三階の窓から家のなかや庭を覗かれる恐れがあった。これには私も不快な感じを抱いて母に意見した覚えがあった。わたしも同じね、と母が、もういいというふうに車にもどりかけた。業者は目敏く察知して、では西線地区沿線へ回りましょう、とドアを開けてくれた。

それから車は一五分ほど走って西線地区の土地に着いた。藻岩山が俄然目の前に迫ってきた。市電の通りから、一本中に入った閑静な所にある土地で、間口が一〇メートルくらい、奥行きが二〇メートルほどあった。草はそれほど生えておらず、私らは業者に促されて足を踏み入れた。前に建てられていた家の土台が土のなかに埋まっていて、地面が灰色っぽい感じがした。歩いていけるのは残骸がある所までで、奥は草が生えていた。奥行きはあの家の手前までですが、この土地はちょっと変わっていまして、奥の右手に鳥の嘴《くちばし》みたいに突き出た部分がついているんです。草のため行けませんが、長方形プラスアルファなんです。

私と母は瓦礫の上にたたずんで奥を望み、周囲も眺めた。今度はアパートではなく、隣は普通の民家だ。いいわね。母は気に入ったらしい。私もうんと頷いた。

あのう。ここの図面貸して下さいますか。母が振り返って業者に問うと、業者はもちろんですと首肯した。母は図面を森口先生にみせて意見を聞くつもりなのだ。母が図面を携えて森口先生の家に向かうときにはもちろん私もついていった。それ以来母から相談を受けることが多くなった。

遺産を土地購入費や新築費用に当てたあと残りで何かしたいと、とある種の分野の仕事についての相談もあった。

大金を得た母の胸は事業欲で膨らんでいて私相手に夢を語った。母の話を私なりにまとめてみると、どうも接客業をしたい気持が強かった。母の言葉では水商売となるのだが、私にはどこかいかがわしさがつきまとった。夜の女というテレビドラマや流行歌から覚えた印象が勝《まさ》った。

日銭《ひぜに》が入り不景気でも傾かないので水商売ほどいい商売はないというのが母の持論で、姓名判断からみても客相手の仕事がふさわしいと信じ込んでいた。私にしてみれば回答に困ることが多く、明確な応えは控えてただ聞き流していた。しかし一度、バーやキャバレーや呑み屋は絶対嫌だと強調した。母は目を丸くしていた。土地購入についても同じだ。買えば当然家を建て、そこに住むことになるのだから、黙っているわけにはいかなかった。私は話に割り込んだ。幸い母は私を無視することはなかった。

森口先生は図面をみると、これは「旗竿」型の土地だな、と実に的を射た表現をしたあと首を傾げた。そして、この土地の前の持ち主、またその前の持ち主も女の方だな、おそらく……夏木さんが今度所有すれば、三代目の女性の持ち物になる。というより、この土地は女性の手に落ち着く運命にある、と断言して、嘴の部分を指した。ここね。この旗竿の部分ね。我の強いひとを惹きつけるんだなあ。女性だと、その我の強さゆえに、夫の力を凌いでしまう。へたすると未亡人になってしまう。それがいま夏木さんを呼び寄せている。ほとんど運命的なものだな、これは。

運命的？　先生と一緒に図面に集中していた母が顔をあげて呟いた。そうです。前とその前の持ち主を調べてみて下さい。きっと女の方ですよ。何代前かわかりませんが、ある女性が嘴の部分を購入したと思います。そのお二人ともご亭主に先立たれたんでしょうか。それはわかりませんが、女ひとりで気丈な方だったと思います。女系の土地ですね。

これはえらい土地に巡り合ったものだと母は溜息をついている。気味悪いな、どことなく。ふいに口からもれた。母は私の顔を横目でみた。何もいわなかった。先生、わたし、買う運命にあるのでしょうか。恐る恐る母が訊いている。奥さん、買うか買わないかはご自分が決めることです。運命的といまおっしゃいました。実際、そうおもいます。しかし、運命をただ受け容れて宿命にしてしまっては、あまりにも消極的で、生きる立場が弱くなります。運を切り拓いていくためには運命の必然性を自分のなかで調和して利用すべきです。先代、先々代の所有者がどういう経緯《いきさつ》で土地を手離したかはわかりませんが、奥さんは夏木の家がこの土地を永久に所有すると、あえて挑む気持を持つことが大切で、そうすれば積極的に、強く生きる場を有するようになるはずです。買う運命じゃなくて、買おうという定めだとして受け取るべきですね。

母は土地の購入を決めて、住民票や謄本類の用意を始めた。私は適当な日を選んで土地までひとりで市電に乗って出かけた。街中の停留所からは三〇分くらいかかってようやっと着いた。土地のなかに入り込んで奥をめざした。

草藪は乾いた北国の夏風になびいていた。みずみずしさにあふれ草いきれが胸を塞いだ。奥にたどり着くと、右寄りに方向を取って、嘴の方を望みみた。板塀が長方形の空間を囲んでいる。そこにはなぜか丈高い草は生えていず、芝地のようになっていた。あそこが例の女系の土地の元か。

土地としては何の変哲もない所だが、張り出しているというそのことじたいがやはり不可思議だった。行ってみよう。そのとき脹《ふく》ら脛《はぎ》のあたりを風がさすり上げ、そのまま背中へと冷気が忍んできた。私はとっさに後ろを振り返った。誰もいない。背後霊に取り憑かれたようなざわざわした気分に陥った私は嘴の土地に進むのを恐れて、大急ぎで引き返した。

一級建築士である山崎とどういうツテで知り合ったのかはわからない。眼鏡をかけて丸顔の小柄な彼が訪ねてくると私までわくわくした。二人の話し合いに必ず私も加わって、設計には自分の意見も反映させてもらおうと細心の注意で耳を傾けた。子供の頃積み木で家を作るのが大好きで、種々のブロックを買ってもらって家の模型をこしらえていた私は、これから建てられていく家の内部構造にとても関心があった。頭のなかでキッチンや居間や子供部屋などの組み合わせを思い描いた。間取りの設計図を好き勝手に引いてもみた。机の上は消しゴムの屑でいっぱいになった。

山崎は母から予算や間数《まかず》などのおおかたのことを聞くと、たたき台として図面を描いてきた。私も目を輝かせて覗き込んだ。

母は一目みるなり、玄関は北向きになってますから東向きに変えて下さい。西に窓があるとお金が出ていきますから、西側に窓はつけないで下さい。トイレの位置が家の中央にあって、その向かい側にあるお風呂も真中ですね。不浄なものは端の方にして下さい、と一気にまくし立てた。

山崎は呆然と母の顔、いや口の動きをみつめていた。私はまた始まったと下を向いたり宙を仰いだりした。奥さんは家相にお詳しいんですか。ほんの少しだけ。耳学問ですの。いまのご指摘だと、この設計図は失格ですね。まいったなあ。がっかりするというより山崎はおかしそうで、苦笑いをしていた。はじめからおっしゃって下さればよかったのに……。私は穴があったら入りたいという心境で、すみませんと心のなかで山崎に謝った。

山崎は何度も足を運んできた。母の注文は一定していない気がした。というよりも玄関の位置を決めると勝手口が定まらず、居間をここにと思うとキッチンとの関係がうまくいかなかった。母の言う通りに引かれた図面は歪《いびつ》な形をしていた。奥さんこんなふうになってしまいますよとなかば諦め顔で山崎は苦言を呈した。それでも母は廂《ひさし》を張り出すようにして屋根をふけば正方形に近い格好になると突《つ》っ撥《ぱ》ねた。

これは使いづらいよ。どう考えたって。おまえはだまってなさい、と叱った。いや、ぼくも住む人間のひとりだから……。子供部屋を二階にしてよ。二階の仏間を下にしてほしいな。仏様は大切なのでね。だからこそ下にして、そこでお母さんが寝ればいいんだ。ぼくが二階を守ってあげるからさ。手前勝手なことといわないの。

奥さん、仏間は下の方がいいと思いますよ。山崎が助け舟を出してくれた。家相も大切かもしれませんが、東南方向をこうして半分以上も塞いでしまうのは考えものですよ。第一陽の光が入ってきません。家のなかも暗く湿っぽくなってしまいます。北海道の家はとりわけ陽射しが大切です。素人の私が申すのもあれなんですが、家相というのは自然環境を完全に利用して建てるのが最適なのではないでしょうか。そうお考えなら採光や換気や通風をよくすると、しぜんと家相もよい家になるのでは？　自然の恵みを活かすべきだと考えます。住む人の健康も確保できます。

正論だと思った。私もじめじめした感じの家は嫌だと主張した。母はどうしてそうなってしまったのかしらねえとこぼしながらも、なんとか修正して、その案を押し通そうとした。山崎は困惑して、私も嫌悪さえ感じた。しかしいつまでも議論を重ねているわけにもいかなかった。雪の降る前に家が完成するためにはもう決定案を作る必要があった。この時期をのがすと、積雪のため冬中工事ができず、建築は来春に延びることになる。焦ることはなかったが、母にも私にも年内に引っ越すというはらがあった。

街中の家を引き払って郊外に転居するというのは家族三人で散歩をしている最中に出た亡き父の案だった。一年前の春の日曜日に私たちは小学校の解体工事がどれくらい進んでいるかをみがてら、夕暮れの街中《まちなか》を散策した。小学校は取り壊されてそのあとに市役所が建つことになっていた。札幌冬季オリンピックの開催の一〇年くらい前、都市のドーナツ化のせいで、中心部の人口が激減し、私の卒《で》た小学校は隣町の小学校と統合合併を強いられ、校舎が移転することになった。その小学校は父も卒業した学校で、私よりもむしろ父の方の落胆が大きいようだった。ここに一二階建ての市役所ができると、時計台は影のなかにすっぽり入ってしまうな。父は道路をはさんで北隣の時計台を眺めて言った。鐘の音が聞こえなくなるかもしれないね。ああ。だから市では、市役所の屋上に大きな拡声器を設置して、音を流すらしいけど、もうそうなると観光事業のひとつだ。

父は天幕が張り巡らされた解体中の小学校を恨めし気にみやりながら、時計台にも目を移して、街が発展していくのはいいが、見慣れていたもの、風景のひとつ、生活の一部となっているのが失われていくと、心のなかにぽっかり空洞ができる感じだ、と続けて、道路拡張のために切り倒された樹木、営業不振でつぶれてなくなった下駄屋、ビルが建ったために眺望不可能になった西の方の山並などを挙げた。

いつのまにか店をたたんだ下駄屋の店構えや独特の風情は私のなかにもしっかりと根を下ろしていた。あの店の前を通るとなぜか木の香りとともにここちよい郷愁にかられ、ほっとしたものだ。店の奥に坐っているおばさんがこちらに語りかけてくるような気もした。父はこのままこの街中にいても精神衛生上よくないから、静かな郊外に引っ越そうと提案した。父は母は先立つものが、とすぐに返してきた。父は土地や家屋を売却すればいいさとこともなげにいった。

山崎さんとの案はだんだん固まりつつあったが、母は自分と私の星の位置を頑固に主張して東側を塞ぐことを改めなかった。南側はかろうじて窓として残すことに落ち着いた。西側にも窓がなく、なぜか北側に出窓までこしらえた。玄関は母の望み通りに東向きにあった。廊下が家の真中を貫いていて幅広だった。階段の幅も大きく踊り場があって逆向きに二階へ昇る仕組だ。トイレもやたら細長かった。

部屋は逆に、そうした廊下やトイレにくっつくように並んでいた。納戸、浴室、居間兼キッチン、仏間、客間が一階にあり、二階に私の部屋があった。私の部屋の下は浴室になるらしい。

山崎はこれでいきませんかと母に最終的な打診をした。母は勝手口の位置にまだ不満を残しながらも、お願いしますと頭を下げた。

内装も外装も門も塀もすべて完成し、庭からも庭師が手を引いたのは十一月の初旬だった。もう雪が降ってもよい頃で、ストーブが必要だった。引っ越しは吐く息が透明な大気を白濁させる早朝から行なわれた。専門の業者がきて、あっという間に荷物が運ばれていった。引っ越しの二日前、母と二人で新居を下見した。塗料と建材のにおいがぷんぷんとして芳しかった。図面通り幅広の廊下に細長いトイレといった造りで、全体としてがらんとした感じだ。

しかしこれも家具が納められればしっくりいくだろう。庭は芝生が前面に敷かれていて、奥が日本式庭園となっていた。旗竿の部分は芝生が植えられていた。結構な広さの長方形の土地だ。母は土地の購入契約のときに所有者が代々女性であることを確かめていた。森口先生の言葉がまた当たったとびっくりしていたが、私はどことなくしっくりこなかった。というのもその女性たちはみな未亡人で、すべて夫と死別していたからだ。この土地には隠された何かがあると予感された。しかし新居が完成したという歓びはそうしたものを打ち消してくれた。

引っ越しは順調に進み、昼食を摂ったあとは荷物の整理にかかった。学校は区域外になったが、市電で三〇分かけて通学することにした。朝七時半には家を出なければならなかった。帰りの電車ではうたた寝をして目覚めてひんやりしたからだのまま新居にたどり着いた。母の友人たちが遊びにきていることが多く、笑い声が門のところまで響いていた。

母は親戚をはじめとしていろいろなひとに家をみてもらいに招待していた。みせびらかしているといってよかった。皆は口々に大きなおうちねえ、廊下がこんなに広いし、トイレなんてびっくりするくらい、と叫んだ。びっくりでなくて、あきれるくらいの方が正しいのだった。トイレは扉を開けるとすぐ洗面台があってその隣が男子用の便器があった。しかし大便の方はそこから二メートル奥にまた扉があってそのなかにあった。当時はもちろん和式の汲み取り形式だった。

こういうわけで家具を入れても、また客が大勢きて歓声に充ちても、殺風景な感じはぬぐえなかった。家に帰り着いて玄関を開けると、ほっとするよりも首筋が風で撫でられる感じがした。

母は仏間ができたことがうれしいらしく、そこで寝起きをし、毎日朝と夕方にはお経をあげた。家相や方位に関心を寄せるのと同じく、信仰にも一家言持っていた。父方の祖父がまだ健在だった頃わが家に神棚があって、毎月一度神主がお参りにやってきたが、祖父がたまたま不在だったある日、母と若い神主との間で口論が起こった。

母は狐を拝むとは信じられないと食ってかかった。神主がどう回答したか忘れてしまったが、母の剣幕はすさまじかった。また母の実弟が新興宗教に入信したときも、仏教系のその宗教の非をついて叔父はたじたじだった。

しかしそういう母でありながらも、母の信ずる宗派は次々と変わった。父の家は門徒で母も最初それを信仰していたが、いつのまにか法華さんとなり、と思えばお大師さんになったりした。唱える題目がころころと変化した。私はこの移り気な信仰態度にいらいらした。本当のところ何を信じているのか不明だった。いつのまにか私も仏様の有難味を植えつけられていて、母をみているとその大切な仏様をないがしろにしているのではないかと疑念がわいた。母を非難し、いい加減やめてしまえとののしった。それでも効き目はなかった。

新しい家では母は私のこれまで耳にしたことのない題目を唱えていた。なんでも朝夕百回ずつ唱えると家内安全なのだそうだ。もっと早く、少なくとも一年前にこのお題目を知っていたら、お父さんは助かっていたのにねえ、という母の嘆息まじりの述懐を聞いて、私は冗談じゃないよと苛立ち、ふとある考えをおもいついた。そしてこれは実行に移す価値があると踏んだ。

新居のある意味での犠牲者にもし私がなるとして、それを母が痛感すれば、効果ありということになるのではないか。一泡吹かせてやろう。次の日、私は母に腹が痛いと訴えた。母が学校を休みなさい、と忠告したが、今日は英語のテストがあるからと突っぱねて無理に登校した。帰宅してもベッドに横たわって、夕食もおかゆにした。母は心配そうな顔をしたが、笹山内科に行きなさいとはすすめず、易の本を開いて、私の一二月の運勢を調べた。

おかしいわねえ。今月はいい月なのに。……そんなのあてにならないよ。……ま、とにかく、早めにやすみなさいね。翌日も腹の不調を告げた。しかし母は真剣に取り合ってくれなかった。薬を服むほどでもなく学校を休むまでもないくらいの仮病は難しかったが、一週間続けていると、さすがに母は不安の色を濃くした。一〇日目、帰宅すると、森口先生がきていた。兼司君、大きな家だね。二人で暮らすにはもったいないくらいだ。先生は私の顔色をさぐるように覗きみた。奥さん、いま、ひと通り拝見しましたけどね、建てる前に設計図を一度みせていただきたかったですね。土地の図面の方は拝見していたのにねえ。この造りのままだと、兼司君に禍《わざわい》がおきますよ。お風呂の真上が兼司君の部屋になりますからね。そうですか……。母の返事は心ここにあらずというふうだった。兼司君、そのうちからだをこわしますよ。特に内臓の病気にね。でも、まあ、きょうはお祝いにきたのだから、こういうしんきくさい話はやめにしましょう。

母の驚きようったらなく、さっそく私がいま腹の調子が悪いことを訴えて、どうしたらよいかを尋ねた。森口先生はうーんと腕組みをして宙に視線を浮かせながら、法華経を毎朝、毎晩、あげて下さい、と静かな口調で言った。法華経ですね。そうです。かしこまりました。森口先生は新築祝いに掛け時計を持ってきてくれて、これを居間に取りつけてほしいと願った。母は平身低頭で時計を押し戴いた。そして、兼司君がもし病に掛かったら、面倒でも相談にいらっしゃい、と不安げでありながら自信に充ちた口吻でいった。

その晩、母は戸袋の中から日蓮上人の小さな像を取りだすと、仏壇の奥に供えて南無妙法蓮華教と繰り返した。快癒の方向に向かえば母の信仰を私が認めることになり、目的は達成できない。このまま仮病を続けるしかなかった。風呂の真上がよくないということは、汚水の流れる所の上ということらしい。不浄な部分が家の長男の部屋の下にあるのは、そのことだけでも不吉なのだという。それに浴室の湿気がからだに悪い影響をおよぼすに違いなかった。

冬休みに入っても私は仮病を続けた。母は法華経三昧だ。大晦日、私は朝から右下腹部に激痛を覚えた。仮病の痛みを越えていた。こらえ切れずつい母に笹山内科という言葉を口にした。母はこれまでと違って蒼白な私の表情をみて、すぐさまタクシーを呼んだ。笹山先生は休日なのにみて下さった。

診断は急性の虫垂炎だった。個人医院から総合病院を紹介されて即刻手術。一週間の入院となった。母は額に汗していた。術後、私はやれやれとおもった。森口先生の占いはまた当たってしまったが、私は徒労と空虚がないまぜになった、居ても立ってもいられない気持で、クソッタレ！　と心のなかで叫んだ。正月の五日まで私は病院で過ごすはめになった。森口先生がいっていた運命を利用するという域に早く達しなければ、こんどかかったとしてもその病気を克服しなければならない。母が運命に対処するだけで挑んではいけない、とたしなめた。私は少なくとも運命を操作して自分の支配下に置きたいと念じた。この期におよんで母がふと気づいたように、森口先生宅を訪ねたみたいだ、きっと先生は待ってましたといったふうに母を迎えただろう。

退院すると、母は私に寝るときだけ下で寝るように求めたが、私は断固したがわなかった。負けてなるものか。そしてすぐに森口先生に電話をかけた。翌日、森口先生がやってきた。母はしょげ返っていた。二度目に訪れた先生は家のなかを丹念にみて歩き、異常がないことを確認すると、仏壇の前に坐って掌を合わせ、静かに呪文めいた文句を唱え始めた。母と私は後ろに正座して仏壇を直視した。私は先生の本業が仕立て家ではなく僧侶なのかと錯覚をするほど、その声は朗々として家中に響きわたった。蝋燭の炎が吊られたようにひょろ長く伸び、盛んに燃えた。燃焼の音が響いてくるような勢いがあった。先生はときたま誰かの話に耳を傾けるようにうんうんと頷いた。さぞかし苦しかっただろうねえ、とかすれ声で呟いた。そして急に女のひとの声になり、ありがたいありがたいと述べた。女の声は涙声に変わり、ありがたいがしばらく続いた。やがてその声も聞こえなくなると、先生の声にもどり、はたと呪文はやんだ。

　奥さん。はい。母は先生の横に膝を進めた。この土地は呪われています。その呪い主が奥さんの法華経をうれしくてでてくるのです。女のひとが持ち主になるやいつの日かそのご主人が病にかかって死去し、またべつの女性が所有して、その方の夫も病没して、の繰り替えしです。それがどうやらあの「嘴（旗竿）」の土地の購入と関係しているようです。

　先生……ここ、問題のある土地なんですね。母がすっかり肩を落としている。奥さん、とにかく法華経は止めないで下さい。そして毎朝、塩をお皿に盛って家の四隅に置いて下さい。

初夏まですれば大丈夫です。

先生、こんど父をお願いします。話をしてみたいです。私が言うと、兼太郎さんは成仏されて浄土から、お二人を見守っていらっしゃいます。もうこの世のひとではないんです。無理に降霊することは控えなければ。……そうですか。残念だなあ。母は次の日から盛り塩を始めた。長方形の出張った土である嘴にも皿を置いた。二階の私の部屋の隅にも念のため盛り塩がされた。私はどことなく自分も呪われているような気がして蒲団をすっぽり被って眠った。

春が待ちどおしかった。雪が融けて庭が現われると、外にも塩盛りをせねばならないが、それで完全に呪いも鎮まると予期されてうきうきした。一か月ほど経つと母の表情もやわらぎ、何者かが去ったことを知った。ほっとしたわ、と母が安堵の吐息をもらした。そして父の墓を建てるという新しい計画を立てた。父の遺骨は寺に預けてあるのだが、母は放っておけない気持に駆られていた。墓地は藻岩山にあり、現にそこには夏木家先祖代々と刻まれた墓が建っている。母は雪が解けたら、その墓に父を納めるつもりだ。

三学期も終わりに近づいてきて中学校では卒業生を送り出す準備が始まった。私もその委員会の委員のひとりに選ばれて放課後おそくまで居残って企画を練った。帰りの電車のなかでは疲れて居眠りをしてがらんとした家と母に迎えられ、食事をして入浴し床についた。くたびれていてすぐ寝入ったが、朝が起きられなかった。目は覚めているのだが、からだがいうことをきかなかった。だるくて力がでないのだ。何度か気合いを入れてようやく上体を起こしてベッドを降りた。

母は目敏くそうした私の様子を見抜いて、どこか内臓に故障が生じているに違いないと推して、内科へ連れていこうとした。私は家相から判断する母のやり方にいつもなら反発を覚えてむかついたが、からだが綿のようにけだるく感ずるに至ってついに根をあげた。私の方から笹山内科に行きたいと申し出た。笹山医院では検尿と血沈、脚のむくみが調べられた。結果はタンパクが多量に下りていた。これはまずいな。運動は控えて。暖かくして、栄養のよいものを食べて。少し様子をみましょう。でもとりあえず、週一回、注射に通って下さい。笹山先生は腎臓にちょっと異状があると診断し、安静をすすめた。母はやっぱり内臓だわといらいらとした口調で、父の納骨を急がなくてはと呟いた。そして私に下で寝るように強く求めた。気持の絆《ほだ》されていく自分を感じながらも、私は意地を張って拒否した。

墓よりも家を建て替えろ、と心の中で思った。笹山医院には命ぜられたとおり週一回まじめに通った。ピンク色の液の静脈注射が打たれ、二回に一回の割で尿が検査された。いつも二プラスのタンパクが下りていた。先生は春休みに念のため大学病院に検査入院をすることをすすめた。腎生検をしてもらった方が将来的にも安心だから。入院の心づもりをしていて下さい、と助言した。私は盲腸炎で入院した一週間のことを思い出して乗り気にはなれなかった。

母に伝えると、母はさっそく森口先生に電話をした。受話器を置くと、お風呂の上にぼくの部屋があるからだ、きっと、と指摘されたわ、それに腎臓の病は放置しておくと命にかかわるときつく忠告された、と応えた。通院は怠らなかったが、タンパクは二プラスのままだった。私は大学病院に入院して腎生検を受けることになった。後で知ったが、往時の医療では腎臓の悪化を止められず、後年、人工透析治療が確立されて、対処療法だが延命が可能となった。

腎生検そのものはそれほど困難な手術ではなく、予後の経過もよかった。組織検査の結果、急性の腎盂炎《じんうえん》と判明して、続けて一か月近くの入院をいいわたされた。

もう雪解けも始まっていた。自分に腹が立つやら、悔しいやらで、いたたまれなかった。運命に負けぬ気でいても、呪われてしまっている身には無理ではないか。おもうように事が運ばぬ苛立ちがあり、世のなかの流れの中心が自分とはかけ離れた所にあるとだんだん感じ始めていた。ベッドの上で、病室の、毎日代わり映えのしない天井のしみを仰ぎ見る日が続いた。飛び跳ねたいと切に願った。

外泊ができるようになった四月の中旬に、やっと家に帰った私は、家に工事の手が入っていて、豪勢な作りの風呂が「嘴」に建てられていることに驚いた。母は胸を張って森口先生のみたてなの。ここはこの嘴のせいで、代々女系だし。きっとどの家もお風呂の位置が悪かったのよ。まさかの出来事だった。以前の湯舟を潰し、物置に変わっていた。あっけにとられて、いくら先生の口添えとはいえ、その独断専行ぶりには空いた口が塞がらなかった。いい、ここはもうお風呂でなくて「湯屋」と呼ぶのよ。湯屋？　それは銭湯や風呂の体裁のよい名にすぎなかった。こうした母の見栄には悪臭さえただよっていた。

新学期はすでに始まっていて気にもなっていたが、どうにもならなかった。次の朝、病院にもどるため家を出るとき私は母に内緒話をするように訊いてみた。もう、家相にこだわらないでね。そううまくいかないんだから。大丈夫。そんなことないわ。じき病気も治るわよ。お風呂の場所、気に入ってくれたわね。ああ、びっくりの方は本音だけどね。兼司の命がかかっているもの。母はそういいきってにっと笑った。私は反吐《へど》がでそうな気がして、玄関の三和土《たたき》にツバを吐き捨てた。と同時にこんな母親にいつまでも良い子ぶって相対している自分に嫌気がさしてきた。でもひとつ穴のむじななのだ。顔の神経を鼻に集めるくらいに絞り、鬱屈を抱え込んで私は家をあとにして病院に向かった。一旦外に出ての入浴はもはや内風呂ではなく、湯屋でもなく銭湯そのものに違いなかった。

予言

「霊」を肌身に感じやすいひとがいる。母方の伯母がそうだ。五〇歳を越えているが、これこそまさに、「霊」に取り憑かれながらもあやつったり、見抜いたりする能力に長け、運勢をみてもらいに伯母の自宅をたずねるひとの跡が絶えない。父の民雄は伯母の「霊感」のよき理解者だ。父にも何かが宿るときがあり、母にはかまってもらえないけれど、伯母に告げて同意を求めるときがある。霊感度は伯母のほうが上らしいが、父の感力を決して伯母が無視することはない。

その日は日曜日でぼくも弟も両親と一緒に不動産屋の立派な大型車に便乗した。父も母も高校の教員でなかなか平日では時間が取れず、放課後を利用しての土地探しも上手く行っていなかった。共働きで貯蓄に励んできた父と母は、二〇年ローンを組んで土地を購入し、それなりに得心のいく家を建てるつもりでいる。住みたい地域を限っているようで、ぼくらへの説明もその地区にいつも限定していた。ぼくがある日いった、あのさ、特に決まった場所でなくてもこの街はみな交通の便がいいからほかを考えてみたら？　もっと柔軟にということか、と父が返した。柔軟って言葉があてはまるかどうかわかんないけど、何というか、選り好みはしないで、って程度だよ。そうかそれはそうね。でも母さんたちの夢なのよ。家を建てるのならあの地域にって、新婚当時から願っていたの。

なんとなくわかるよ。あそこは郊外のなかでも一等地だもんね。そうだよ、いってみれば旧市街地、歴史地区だよ、兄ちゃん、と弟の幸次が母をかばった。ぼくもそれくらいは知っていた。江戸時代、この地方の藩主だった方の子孫をはじめ、家老や奉行職の末裔も暮らす市民の憧れの場所だ。でももうそういう時代ではない。昔の栄光にすがる気持ちで、いやおもねる心で転居するのは腑に落ちない。それを勇気を出して口にしようと意気込むのだが、ぼくもだらしがなくて引っ込めてしまう。しかし、空き地がない以上、止めるしかない。ぼくはそれをその日曜日に不動産さんに告げてみた。父も母も目を丸くしていた。

すると不動産屋さんが、おもむろに奥歯に物が挟まったような口調で、なかなか売れない土地ですがあるにはあるんです、あの一帯にそれほどこだわるのでしたら、お連れしましょうか。助手席に乗っていたぼくは振り返って二親を凝視した。それなら最後だとおもってその土地を拝見させて下さい。そこが気に入らなかったらもう諦めてべつの所でさがしますから、と父が答えた。ぼくは不思議だった。これまで二人は忙しい時間を割いていったい何回くらい探しにでていたのか。土曜や日曜にはぼくらもたまにつき合うこともあった。それでも、ぼくらがここでいいよ、といいはっても父と母は首を縦に振らなかった。何が、何処が不満なのかわからず仕舞いだ。

土地に何を求めているだろうか。それでは参りましょう、と不動産屋が車を動かした。五分後、一等地区のいちばん西の端に車を停めた。さあ、着きました、ここです。降りて御覧ください。由緒ありそうな住宅地の一角にある野ざらしの土地だ。真北に延びている。二人は黙然と眺めている。なぜ人気がないのですか、とは尋ねない。傍にいたぼくと弟にも二人は意見を求めてこない。

それはみるからに明らかだからだ。父も母も同じおもいに駆られていたことだろう。どちらが先に口を開くか。母の方が口火を切った。あの右奥の盛り土は何です？　なかに入って確かめられますか。あれはここの最初の持ち主がこしらえたといわれています。単なる庭のアクセントに過ぎません、と不動産屋の声にどこか濁った空気がこもっている。ほんとうですか。ならみてきてもいいですか。ええ、ご自由に。母が一歩を踏み出そうとしたそのときに父が、ひょっとしてあの頂点が欠けている盛り土のせいでここが売れ残っている、そうなのでは？　それに灯籠のようなものもみえる。気味悪いな。

あなた、確かめに行ってみましょう。わかった。みんなで行こう。ということになって、ところどころ草の生えている、湿気て饐《す》えた臭いのする土地の右奥めざして進んだ。不動産屋もついてくる。奥行きのある土地でそれも初めて歩くせいもあってか、盛り土まではるかな感じがする。

やっと着くと父がまずぐるりと一周してから腕を組んだ。次に母もそうしてから右の肘を左手で押さえて考え込んだ。ぼくらは顔を見合わせ、相槌を打ったかのように一周した。父と母の反応がわかった。これはいただけない。買い手がつかないのが子供のぼくらにもはっきりわかる。

盛り土じたいは頂上の一角を欠いた富士山のようで、わりと優美に映るが、頂を三分の一ほど削る位置に立つ灯籠のその根っ子に穴があいている。だから盛り土は全体として富士山の雄姿をこわす結果になっている。

そしてわかることといったら、きっと、この穴のせいだろう、いつまでも売れ残っているのは。この穴は？　さあわたしどもでもわかりかねているのです。このせいですね、一等地にありながら、いつまでも、と父がそこまで話すと母が、この土地を購入するとした場合、この穴、埋めてくれますか、といい放った。

もしそうなりましたら土の代金、お客様のご負担になりますがよろしいでしょうか。不動産屋の歯の根の合わない対応に、母が不安を隠せないまま、そのつもりです、ねえ、あなた、と腕を組み続けている父の納得を取りつけるようなものいいだ。ううん、父が唸る。まあ待てよ、この穴からは何か酸っぱいにおいがする。簡単に埋めて済むもんじゃない……。父の霊感がにわかに働き出したのだ。おい、ここは鬼門だよ。ほら、艮《うしとら》の位置だ。艮は方位の、丑《うし》と寅《とら》の間だ。昔から不吉とされている。盛り土はそこにある。これはまずいぞ。国語の教師の父らしい意見だ。

母もそれに気がついたようだが、もう決めてしまいましょう。わたし疲れた。ここでいいじゃない。残り物には福があるっていうでしょう、と方位なんか関係ないと父を恨めし気にみやった。母の心情はよくわかる。私立高校の教員である母は土曜日も出勤せざるを得ず、公立高校勤務の父とは疲労度が違う。母は土地探しに最適な日曜日には終日、この地区の不動産屋を訪ねては父と一緒に駆け巡り、成果なく帰宅すると呆けた表情で夜をぼんやりと過ごした。父よりも熱心だ。しかしその日曜日は二人してこれが最後だと決めていたようで、残っている力を振り絞った一念発起の気組みが伝わってくる。

それはわかる、と父が述べ、でも私のは次元が違うんだ。何か感ずるの？　母がまたか、と真夏の強烈な陽光に病みつかれたような顔でこぼす。そうだ、義姉《ねえ》さんにもみてもらった方がいいかもしれんな。もうやめて。そんなことしていたらいつまで経っても決まらない。

ここでいいの、ね、あなた。決心して。

早く決断したい、と母の心はざわついている。その騒ぎをぼくは如実に感じる。研一、幸次、どおお、この土地は？　と問うてくれれば、もしかして反対したかもしれないが、理由は？　と訊き返されたら答えられないだろう。しかし盛り土の存在について、父のいうように、康江伯母さんと相談するのも、必要ないのではないか。

しかし完璧、完全などないのだ。土地の購入など、ぼくらにはケタはずれの大きな問題で、疑問を投げかけるすべなどない。いわくつきの土地らしいという多少の不安を抱え込みながらも、母の意見が通って、ついに、やっとわが家は土地を購入した。棟上げ式も、神道に則って行なった。

家の設計図は母が引いた。ずっとそれを主張していた。本当は教員でなく設計士になりたかったそうだ。その夢を語ってくれた母の瞳は、叶えられなかった無念に半ば濡れていた。どこでどう間違ったか、という肝心な点は巧みにはぐらかしたが、出身大学が建築学科のある工学部なのになぜ建築学科に進まなかったのかということが話の焦点になりそうになると、いつも話題をそらしてぼくらの追求から逃げた。母は口にしたくないのだ。そして自分の好きなことを生涯の仕事にするってことは並大抵じゃないのよ、脳みそにはっきりと刻んでおきなさいね、と教えさとした。

新居が完成し、ぼくらは二階に一部屋ずつあてがわれた。親戚縁者を招いた新築祝いが行われた。ところが新居で暮らし始めて三か月くらい経った頃、毎晩ではないけれど、一階で休んでいる父が冷やっこい風を首筋に感じる夜をすごすことがたびたびあるという。

父が肌身に感じるのは隙間風ではない。雨戸もしっかり閉めていて戸締りは万全だ。外には芝生の庭があるのだが、父はそこに霊がひそんでいるのではないか、とにらんだ。さっそく伯母に電話をしている父の大きな声が二階まで響いてくる。そうかい、やっぱりね。先だっての新築祝いで、玄関にはいるや、ざわっとしたもの。霊が潜んでいるんでしょうか？そうね、民雄さん、そのほかに何か感じなかった？……じつはぼくも、できあがったばかりのわが家ですが、初めて玄関の扉を開けたとき、一瞬、ぞくっとしたものです。やっぱりね。近いうちにうかがわせてもらおうかしら。是非きてください、助かります。

父は草刈りなどの庭いじりが好きで、日曜日は庭の芝刈りに余念がない。ところが何度目かに、庭師に土で埋めてもらった灯篭が気になり始めたようだ。芝刈りの邪魔になる盛り土であるにせよ、当初の考え通りに盛り土があるおかげで庭が日本庭園らしくみえる。

ある日の夕暮れどき、父がベランダからなんとなく庭をながめていると、灯籠のほうで白いものがぼんやりと、暮れなずむ大気のなかに浮かびでた。目を凝らすと立ち消えた。なんだろうか、と勘繰ってみたが、数学の難問のように解答がすぐにでてくるはずがない。ここで父は自分では解決できない種類の難題だと予測したのだろう。康江伯母に連絡を取って来訪を早めてもらった。

三日後の日曜日、伯母が心配そうにやってきた。早くも興味津々といいたい顔つきだ。父は白い影のことを明かした。母には打ち明けていなかったようで、母はむっとフグのように頬をふくらませている。父が母に隠していたのは、母がそうした話題を忌み嫌うからだ。数学的、つまり合理的な頭脳の持ち主の、担当教科が数学である母と、国語の教員の父とでは、正反対の思考をする同士が同居していることになる。だからうまくいっているのだとぼくなどはみなしている。

ベランダに腰を据えていた康江伯母と父はぼくと弟の幸次を呼んで、何か感ずるところはないか、と尋ねてきた。そうした霊力に欠けているため、素直に、ぼくらは何にも、と応えた。

そうかい。わたしには、何かがみえる気がするのだけどね。研ちゃんや幸ちゃんには無理なんだね。伯母さんは何かを？　うん。……ヒトがいるようだわね。ヒト？　どこに？　あの盛り土の付近に。やはり義姉さんも感じますか？　ええ。行ってみましょ。あの盛り土の、灯籠のあるところへ。

ぼくら兄弟と父と伯母は庭用のサンダルをつっかけて、芝生に降り立った。

普段、何気なく父が芝刈りをしているその庭は、サンダルをその深みへと引きずるほどにゆるい土だ。おまけに、一歩踏みだすたびに萌え上がりつつある初夏の草いきれが足元からむらむらと立ち昇ってきて、思わず鼻孔を押さえた。大袈裟にいえば、もうそこは野生の世界であって、緑の織りなす命のみなぎる空間に絡めとられてしまっている。ぼくは得体の知れない何ものかが草の下、土のなかで爛《ただ》れ果て腐食しているのではないかと感じた。こうした庭にこそ、不可思議な霊が潜んでいても何らおかしくはない。

伯母が先頭に立って盛り土の手前にたどりついた。研ちゃん、何か感じない？　伯母が橙色の口紅を塗りつけた口を鯉さながらにパクパクさせながらいった。伯母は確かに感じているのだ。父は、初夏だというのに寒気が全身を貫いたのか、両手で肩をおさえている。ひょっとして脅えているのか。ぼくは灯籠に手をあてがった。

研ちゃん、盛り土の上に上がって、灯籠の後ろをみてきて。ぼくが？　そう、男でしょ！　そうした場面に「男」を持ち出されるのは不本意だったが、仕方なく灯籠の背後にまわった。その土台の箇所に目を凝らした。いわれなくとも知っていた、そこはかつて穴が空いていて、庭づくりの際、土で埋めたところだ。どうなってる？　伯母が訊いてくる。新しい土があるみたい。穴を埋めた土の色からわかると正直に答えた。じゃ、ちょっとわたしも。伯母がスカートをたくしあげて足を盛り土にかけ、灯籠を回ってきた。ほんとうね。……盛り土の土の色と違うわね。……どうしたのかしら。あっ、ここ埋めたんでしょ。穴があいていたってわけね。伯母は早押しクイズの最初の解答者さながらの口吻だ。

さすが義姉さんですね。空いていた穴を家内の考えで埋めてもらったんですよ。まあ、郁江ちゃんらしいわね。でもちょっと乱暴だった気がするわ。乱暴って？　民雄さんならわかるでしょ。こうした穴にはいわくがつきものなのよ。第一うす気味わるいわよね。

そこで父はこの土地を購入する際の経緯をかなり詳しく説明した。そういうわけがあったのね。郁ちゃんの気持ちもわからないではないけど、べつにこの地区にこだわらなくてもよかったのに。ここはこの街でも旧い場所柄だから土地に因縁がまとわりついているのよ。ここもそうで、だから売れ残っていた。あなたは気づいていたけど、気の強い郁ちゃんを抑え切れなかった。面目ない。父の顔が曇った。

これは、埋めてくれた庭師さんたちに土をかきだしてもらってもう一度調べ直した方がよさそうね、という伯母の勧めに、私も……そう、おもいます。あのときちんとしておけばよかった。歯切れが悪い。霊か何かが。そうね、わからないけどそうした雰囲気は漂っているわ。だいたい穴って気色悪いじゃないの。その通りですね。

父はさっそく母を呼びにもどった。母は霊などの存在を頭から信じないひとだが、すぐにやってきて、察する節《ふし》があるように、にわかに声を潜めて、やっぱりねぇ。郁江も感づいていたのか。だって、この土地がなかなか売れなかったのは、変てこな盛り土と穴のせいだって不動産屋さんがにおわせていたでしょ。気づいていたんだ。ええ、でも、あなたがあんまり反対しなかったし、あのとき限界だったでしょ、わたし。霊感のあるあなたから文句が出なかったから、てっきり。

腕を組んで考え込んでいたあのときの父の姿が記憶にあった。父の知覚が何かに触れていたことは確かだけど、はっきりした域までは至っていなかった。だから沈黙を通し、母の意見にしたがった。

じゃ、何かを感知していたのね？　いや、無理だったと思う。そこまで私の霊感は強くないですから。義姉さんにもみてもらったほうがよかったかもしれないなと伯母を振り返った。……相談を受ければ、みにきたのに……。ごめんなさい。母が頭を下げた。あやまる筋合いの話ではないのよ。それでも、こんな具合になってしまって、お呼びたてして申し訳ないです。父は自分の霊力のいたらなさを自嘲している。もうそれは済んだこと。庭師さんに連絡とって。それから、灯籠の上に「塩」を盛って。半ば命令口調だ。わかった、姉さん。「お塩」ね。そう、早い方がいいわ。いろいろと済みません。

三人のやりとりから、まるでこの世の闇のなかに転がり落ちていくような、どこかつかみどころのないぬめぬめした感じを受けた。ぼく自身、「霊」の存在を信じているかどうか、まだ決めかねている。ただ、伯母がどういうつもりで、大きな暖簾を新築祝いにくれたのかずっと尾を引いていた。伯母の説明はこうだった——二階建てはいいが、踊り場もなく手すりもついていない階段であることが、家相でも安全面でもよくない。

これでは階下の邪気が突き当たる場もなく、簡単にまっすぐ二階にせりあがっていく。どの家にも一階のどこかによこしまな霊が潜んでいて、二階に寝所をもつ人間を狙っている。だから、階段の上に、この紫色の暖簾を下げて、「邪鬼」の侵入を防ぐようにしなければならない……。

伯母の嫁ぎ先は氷を商いにしていたからか、その大きな暖簾の中央には家の商売である「氷」という文字と、端っこに「山田製氷店」という屋号が縫い込められている。

階段のいちばん上の左右の壁にわざわざドリルで穴を開け、そこに横棒を差し入れて暖簾を通した。ぼくと弟はその暖簾を両手でかいくぐって二階にあがることになる。こんな布切れ一枚で邪気の侵入を防ぐことができるのだろうか。ぼくはこころさだまらなかった。幸次とておなじ気分だっただろう。

庭の灯籠、その土台の下に口を開けていた穴の存在——新居がすでにナニモノかに取り憑かれている？　家の設計は設計士志望だった母がしたが所詮は素人、階段に踊り場を設けることを失念したのか、あるいは踊り場など念頭になかったのか。

数日後、庭師がひとりでやってきた。父が伯母の話と自分の得た不気味さを語った。ご主人、そんなに気になるなら掘り返してみましょうか。こっちも埋めた手前、責任があるんで。父に母、それにぼくと幸次、伯母もその場にいて、同時に顔をみあわせ、頷き合った。

翌日紺世《こんせ》園芸という袢纏《はんてん》をまとった職人が三人やってくるとシャベルを土に突き刺した。土をどんどん掘り起こしていく。すべて掘り出してしまうと、ひとり壮年の庭師が紺世園芸と刺繍された半纏の背をまるめ、懐中電灯を片手に穴に潜り込んで、五分後に顔を穴からもぐらのように突き出した。こわばっている。神妙な顔つきで墓石が二基ありました、と告げた。みなの顔色が一変した。それなら、アレはあたりまえだ。父がいった。

ご主人、この穴はおそらく防空壕だったはずです。防空壕？　父と母、それに伯母がたじろいだ。まず、墓石を取りだして、きちんと供養して、それからいま一度穴を埋めることですな。と親方らしい男がいい添えた。

供養って、どうすればいいのです？　あらっ、それは、お寺に持って行って、引き取って供養してもらうのよ。伯母がいい足した。

手前どもは墓石を引き上げて寺に運び、穴を埋める作業までいたしますから、あとは塩梅よくしてください。めんどうなことになったな、郁江。父はうろたえている。ええ。あのとき我慢しておけばよかった。みんなわたしのわがままのもせいね。土地や家は一生にいちどの買い物だし。そのことをすっかり忘れてただ焦っていた……。

郁ちゃん、そう肩を落とすことはないのよ。たった防空壕くらいで。かえって、先の戦争で、自宅にまで防空壕を造ったひとがいた、っていうことのほうが驚きだし、それだけ戦争の悲惨さが身にしみる、というものだわ。伯母さんの考えに賛成だよ、と幸次が母の肩に手を置いた。そうね。戦争のむごさの象徴ね。だから、庭師さんがいったようにすれば済むことさ。ぼくがまとめた。庭師たちは力づくで二基の墓石を引きずりだした。

墓石は苔と土塊《つちくれ》だらけで庭師が梃子《てこ》で削ぎ落としていく。最初の墓は、村本家先祖代々之墓と刻まれているが、二基目は人間の姿をしている。ひょっとしたら、これは地蔵かもしれないですよ。お地蔵さん？　これが、ですか？　父とぼくの声が重なる。ええ、お客さんたちが普段目にする地蔵とは姿かたちが違いますけどね。これはお地蔵さんに間違いありません。冥界で迷えるものを導くのが地蔵の役目ですから。迷える？　そうです。

この防空壕を使ったあとに、何らかの理由で墓石と地蔵を入れたのでしょう。寒々しますね。父がひっそりとつぶやく。ぼくはとうに鳥肌が立っている。ええ、ですからどこのお寺でもよいですから、きちんと供養してもらってください。そのあとに穴を埋めにきますから。わかりました。さっそくそうします。

父は霊が首筋を這《は》うということは伝えなかった。伯母が白いものを目にしたことも打ち明けなかった。ぼくもそれでいいとおもった。話がややこしくなるだろうからだ。あのう、すみませんが、最寄りの大泉寺まで、この石を小型トラックで運んでいただけますか？　お安い御用です。親方風の男が二人の職人に指示した。二人はひとりずつ肩にかついで車まで運んでくれた。助かります。

研一に幸次、これからまっすぐ大泉寺に行こう。供養してもらうんだ。一刻も早いほうがいい。わかった。ぼくと弟が同時にいった。それからトラックの助手席に父が、荷台にはぼくら兄弟と庭師が二人、そして墓石と地蔵を乗せ、幌をかぶせた。残された灯籠の上に母が塩を盛った。

寺では二人の僧侶が墓に向かって、墓に潜む死者の魂を取りだす「魂ぬき」というお経をうやうやしくあげてくれた。それで単なる石になるのだという。その後、墓石業者に引き取ってもらって処分をお願いした。庭師に連絡するとすぐ次の日に穴を埋めにきてくれた。父の首筋から息のような微細な風は失せたという。伯母の目にも白い象はみえなくなった。これで万事、うまくいった。

こうして夏の盛りを迎えた。瘴気がわきたつ時節で、さまざまな生きものがからだの真芯から息をしだして、大気に独特なにおいを放ち、ぼくらはそれにくらくらとしてしまう。

庭の芝生も緑が濃く深く色づき、草を刈る父の姿が濃緑色に絡まって沈んでいく。巨大なカマキリにみえるときもある。幸次も手伝うときがあって、二人は仲のよい父子《おやこ》だ。むろん兄弟並んでするることも何度もあった。母の庭での役割は、やはり毎朝、灯籠に塩を盛ることで、それ以外の霊的なことには相変わらず無関心だ。ぼくはといえば、三人の仕事ぶりをみながら、めくるめく差し込んでくる日差しを全身に浴びて、夏休みの宿題に取り掛かるでもなくプールに出かけるでもなく、ただぼんやりと毎日を過ごしていた。しかし、その安穏な生活も、伯母のひとことで立ち消えてしまった。

お盆を迎えようとする数日前に、いつもと違って予告もなしに現われた伯母が、いかにもいま事が起こりそうな口調で、幸ちゃんの命があぶない、と。……原因は「水」にあるから、「水」に注意して。お願い。しくじったら幸ちゃんは、今日にでもあの世に持っていかれてしまう。たいへんだわ。

父と母とぼくは、はじめ半ば上の空で受け止めてすぐになんて余計な、煩わしいことを口にする女だ、と伯母を危ぶんだ。注意してね、お願いよ。伯母が息せき込んだ。いったいどうすりゃいいの、姉さん。あきれ果てた母が歯をむきだした。とにかく「水」に注意すること。それに尽きるわ。

父が義姉さん、要領を得ないですよ。突然すぎますよ。まるで絶望の淵に沈むようだ、まったく。そのあとは父は好い加減にしてほしいと、母同様、きっとこぼしたかったはずだ。

そうね、その通りだわね。夢のお告げといったらよいかしら？　朝夢なのよ。それって、正夢になること、これまでにあったんですか。それは請け合うわ。主人が脳出血で斃れたときも、そんな夢を朝方にみたの。義兄さんのときも、ですか？　どんな夢でした？　父と母が迫った。そのものズバリよ。脳出血まではわからなかったけど、とつぜん斃れたの。

伯母さん、幸次にじかに打ち明けて用心するように助言してやってくださいよ。わたしのクチから……酷すぎるとはおもわない？　こっちだって同じですよ。でも伯母さんの言葉の方がぼくらより説得力がある。なにせ、うすぼんやりしたヒトの姿がみえる霊感があるんですから。

それがいい。研一、いいことに気づいたな。ぼくはちょっと、得意になった。そして伯母の言葉を聞いた幸次がいったいどういう反応を示すか気になった。あっけらかんとした弟のことだ、ふーん、と聞き流すに違いない。みまもる立場にあるぼくらのほうがしっかりしなくてはならない。

ところで、幸次は朝から、どこにでかけたんだ？　父の声が浮足立っている。あっ、学校のプールだ……。こりゃ、まずい。研一、連れもどしに行ってこい。わかった。そのときだ。

ただいま、と幸次の高い声が四人に届いた。みな、胸をなでおろした。一難去ったわね。ええ。でも、まだお昼どきですから、あと半日ありますよ。……そうねぇ……。義姉さん……そうだ、魔よけの儀式なんかないんですか。父が胸の底からいった。こみあげてくるものがあるのだ。伯母は首を縦に振らない。

ぼくは宙につるされたような気分だ。おかしいし、それに急《きゅう》すぎる。いくら伯母に霊的予言の力があるとしても、幸次の生死を云々するのは許せない。どこの身内が、それも甥っ子の死の予告をしに、あわててやってくるだろうか？　親切心からだとみれば、それはそれで済むことかもしれない。でも、いっていいことと悪いことがある。このまま、あと半日、手をこまねいて幸次の死を待つしかないのだろうか。まだ中学三年生の弟の命が奪われるという予知を、なんとかして防がなくてはならない。それはたぶん、兄としてのぼくの役目だろう。

父も母も伯母もその任には当たらない。仮に伯母が告げたとしたら、幸次は肩を落としてしまうだろう。ぼくは臍を固めた。この際伯母よりも兄であるぼくが幸次にすべてを打ち明けみずから用心してもらおう。プールからもどってきた幸次をぼくは二階の自分の部屋に呼び寄せた。幸次は何事かという顔つきでついてきた。

普段、ぼくたちの部屋は並んでいたが、互いに往き来することはめったにない。仲が悪いのではなく干渉し合わないというのが暗黙の了解事項だ。どうしたの、兄ちゃん？　まあ、ベッドにでも腰かけて、これから喋ることをしっかり聞いて、注意してほしいんだ。幸次は犬が首を傾げるようなしぐさをした。ぼくは伯母からの注意事項だと念をおして、洗いざらいぶちまけた。

今日、ぼくが死ぬって？　まさか、こんなに元気なのに。嘘でしょう。とても信じられない。それは誰もが同じだ。でも情報の発信元が康江伯母さんにあるということが、いちばんの難題だ。知っているだろう伯母さんの霊感のすごさは。防空壕でも証明済みだ。ああ、それはね。でも、何でぼくなんだ？　どうしてぼくが死ななくてはならないんだ。

……幸次、こういうのを難しい言葉で、「不条理」と言うんだ。「不条理」……？　そうだ。でも、午前中、ぼくはプールで泳いできたのに生きて帰ってきた。死んでなんかいない。声に鋭さが宿って凄味《すごみ》がある。ぼくも、実際、こうした凶事をわざわざ知らせにやってくる伯母さんも伯母さんだと思っている。腹も立っている。大人気ないよね。その通りだ。

でも、せっかくだから気を引き締めておいてくれ。あと半日だから。幸次はあと味のわるい表情を浮かべて頷いた。そしてシャワーはよしたほうがいいかな？　と口走った。シャワーくらいはいいんじゃないか。シャワーでどうやって死ねるんだ。それもそうだ。とたんに快活になった。人間、そう、おいそれと死ぬもんじゃない。運命とか必然に立ち向かって胸中で調和させなくては。運を引き寄せるのは、そのひとの力だ。幸次にはそれが具わっている。うん。そうだったらうれしい。

幸次は風呂場へと階段を音立てて降りて行った。そしてシャワーを浴びて居間にやってきた。伯母と両親がキッチンの椅子に腰をかけている。幸次はシャワーを浴びてきたと伝えた。三人ともうろたえた。ぼくが口添えした。午前中、プールで溺れることもなくきちんと帰ってきたのだから、あまり神経質にならなくていいさ。これが海水浴に行くっていうなら、話はべつだけど。……研ちゃんはそう思うかい？　伯母がたしなめるような口調でぼくをねめつけた。さぁーて、不幸は、起こらないほうがいいに決まっているからな。父がつけたした。

そしてこの家にはあと水に関するものは、水道の水を除いて、なにひとつない、万全だわ、と母は得意顔だ。伯母は口をひん曲げて、わたしのみたてがはずれたためしはない、と実の妹の家族の不慮の出来事を、否定してあたりまえなのに、がんとして引かなかった。

それにたいして母が姉さんわるいけど帰ってくれる。とんだ騒ぎを持ってきて、身内の災難を、これみよがしにみにきたんならひどすぎるわ、とねじ込んだ。伯母は蒼白になってごめんなさいと頭を下げた。そしてすぐにそんなつもりではない、ときっぱりと否定した。可愛い甥っ子のためだもの。……それはありがたいけどね……。

伯母さん、いいことだけを知らせてくれればそれでいいんだ。生死の問題なんかいらないよ。はっきりいって気に障る、迷惑な話だ。研ちゃんまで怒っているわけ。簡単にいえば、余計なお世話だ。ひとの寿命など、たとえ霊感が強くてもそう安易に決められるものではない。いわれたほうの身にもなってほしい。伯母さんの占いでこちらの気持ちがにわかに落ち込んでしまった……。

伯母はそのあと、じゃ、くれぐれも気をつけてね、と念を押して肩をつぼめて帰っていった。

すると急に最大級の不安が胸底を爪のようなもので引っ搔きまわした。今後、誰を頼りにすればいいのか？　とにかく幸次を水に近づけないことだ。頭のなかが真っ白になって、それ以上、考えつかない。父も母も顔面蒼白だ。このまま、夜へと向かって時間がたんたんと流れていく。それをただ漫然と眺めているだけしかできないのか。

忸怩《じくじ》たる思いとは、こういうときの心情を指すのか？　シャワーも浴びてしまった幸次にしてみれば、これから「水」に接することはまずない。食事のときに水分のあるものを避ければよいのか。弟は食べるときに必ず水を飲むが、今日だけ水を控えさせればよいのか。やはり、なるようにしかならないのか。死を迎える要因が何もみあたらないのだから、放置といったら悪く聞こえるが、そうするしかないのではないか。

死ぬと決めつけられた幸次のまえで、ぼくたちはなすすべもない。夕食時、弟は卵掛けご飯を食べたいといって、上手にぽかっと割ると御飯と混ぜ、かきこんだ。ぼくは生卵が苦手でゆで卵のほうが好きだった。夕食後も異変は起きなかった。霊感は墓石や防空壕のときにはその威力を発揮したが、生身の人間には無力なのだ。

ぼくたちはいつものようにテレビをみて、一〇時を過ぎた頃、それぞれの部屋でやすむため居間をでた。弟を先にして踊り場のない階段をのぼっていく。

幸次がいちばんうえの段に足をかけたときだ。なぜかわからないが、とたんに重心を保てなくなって、暖簾に手をかけて身を支える暇《いとま》もなく立ち直れもできず、暖簾を引っ張るかたちでぼくにのしかかるように、階下の床に大きな音を立てながらもんどり打って二人とも転がり落ちた。

真二つに折れた横棒が軽い音を立てて階段を弾んで落ちた。ぼくは幸次を抱くように上にして倒れ腰を痛めた。両手を床にあてて幸次のからだを背中からなんとかよけた。幸次は背を丸めて、だらりと臥せっている。

床にようやくの思いで胡坐をかいたぼくは、左手を打ち身をくらった腰にあてがい、右手は弟の首に巻きついている暖簾にのばした。

幸次の首に暖簾が二重に巻きついているのを目にした。邪気を払うための暖簾だ。そのとき、音に気づいた父と母がかけつけて、幸次の肩を揺さぶった。半ば白目だ。父の手が手首に触れた。脈はかろうじてあった。

とにかく救急車を呼ぼう。父が叫んで居間の電話に走った。

伯母のしたり顔がうかんだ。幸次の頭を膝の上にのせた母がいて、もどってきて暖簾を取りはずしている父がいる。夏場の氷は解けて水になる……。

首に赤い筋がうっすらと刻まれている。胸に耳をあてがう。まだ息をしている。父が人工呼吸を始めた。

ぼくは腰と二の腕を打撲しただけで済んだ。母が幸次の頭を膝にのせて髪の毛をすいている。母とぼくは、なかなか効果の顕われない父の人工呼吸を、うろんな目で眺めていた。

そのとき遠くから救急車の音が聞こえてきた。

眉毛

指定暴力団N組のナンバー2の妻橘さなえが入院していたときの話だ。内科専門の園田友子は仁愛会坂江病院の副院長の地位にあり、さなえの主治医となった。玄人《くろうと》化粧したさなえは、五階の奥の特別室に入院した。ベッドは天蓋付の豪勢な造りで、部屋にはトイレ、洗面台、風呂、応接セットがしつらえてあった。院長の許可によって、エレベーターから病室まで緋毛氈が廊下をつらぬき、その両側には、黒い背広で身を固めた、いかつい顔をした子分たちが、直立不動の姿勢で勢ぞろいしていた。

友子はその中央を白衣姿で、子分たちに目配りしながらおもむろに歩いた。病室がはるかかなたにある、と感じた。子分たちは友子が通りすぎるたびに、ご苦労さまですといって、膝を前に落して頭を下げた。一瞬鳥肌が立った。尋常な世界じゃない。まさに任侠映画さながらだ。

扉を開けると、やっと医師と患者の二人きりになれる。ある意味でほっとする。でもここからがまたひと苦労だ。さなえが友子をにらみつけるのだ。朝からこってりとした化粧をしている。それでも、おはようございます、と通りいっぺんの挨拶はする。

体調いかがですか、と黄疸の彼女にやさしく語りかけ、天蓋付のベッドに頭を下げる気持ちで寄ってゆく。

絶好調、と意気込む。それはよかったです、と受け流して、お薬きちんと服《の》んでいますか？　わるいけど先生、あんなもの効くわけがない。こっちのほうが効果てきめん、と自信ありげに、ベッドの下に腕を伸ばし、焼酎の一升瓶を取ってみせる、みせつけるのだ。麦焼酎で半分ほどもうない。

なるほど、それでは今日から焼酎を点滴の液にしましょうか。営養価抜群でしょうから。するとヘンって鼻であしらう。

橘さん、死にたくないなら、きちんとわたしのいうこと、聞いてくださいね。入院時に申しあげたように、あと二か月の命なんですから。ウソいって、脅かさないでほしい。そのあとにこの藪医者という言葉がうっすら聞こえた。

医学は自然科学の一端ですから、それをバカにすると痛い目に遭うのは、橘さんご自身ですよ。甘くみてはいけない。それに刺青を施していると、ＭＲＩも役にたたない。

先生、どうやってあたし、亡くなります？　そうですね、昏睡状態に陥って、そのまま息絶えるでしょう。苦しくはないはずです。ひとによりますけど。治療にどれだけマメであったかどうかですよ。マメですか。ええ、「忠実」とかいてマメと読みますが……。

橘さなえは沈黙する。毎回こうだ。学習能力のない患者だ。上半身に刺青を入れた罰ですね、何度もいうように。ご主人のお仕事にわざわざつき合う必要などなかったのに。あなたはご自分の生き方を貫けばよかった。そうもいかなかったことは認めても……。ここで橘はいつも涙する。少女にもどっていく。

友子はそこで廊下に出る。と、子分のひとりが、アネさんはいかがで？　と訊いてくるので、相変わらずです。お元気ですからご心配なく……。先生、ありがとうございます。時代劇みたいだ。

橘さなえは上半身、背中も胸にも、彫りものがあった。背中には極彩色の龍、腕から胸にかけては鈍色の鳳凰が、乳房のところで羽根をひろげてみえるように彫ってあった。そこまで徹底していたら、たいしたものだ。だけど肝臓障害はまぬがれない。だから、肝臓内科医の友子が主治医となった。

ところが、ある日旦那のナンバー2が、内緒に訪ねてきていうには、自宅で逝かせてやりたいから引き取りたい、と。……友子に拒否する権利はなかった。退院に際して、眉毛の刺青だけは抜いてほしい、と懇願された。さなえの眉毛はいまふうの洒落た美容アート式の眉毛でなくて、上半身とおなじ、刺青師に黒色の塗料で刻んでもらった古風だけど、正統派の眉毛だった。

顔は生まれたままで、とナンバー2が哀願した。その親分、暴力団でないような紳士だった。おそらく子分にも慕われていて、だから子分たちが緋絨毯の左右に身じろぎにせずたたずみ続けるのだろう……。

やくざのアネさんって、子分たちからみれば母親だ。子分たちは、自分の居場所がここにしかないと悟っているに違いない。アウトローといったらいいかどうかわからないけど、そうした自覚もない若者を惹きつける何かがあの親分やアネさんにあるに違いない。世間からソデにされた一群の若い男たちに慕われるなにかが。

退院のまえの日、回診にゆくと、さなえが死を覚悟したのか、過去を語った。

両親を早くに失い、叔母夫婦に育てられた自分に気の安まる場はなかった。アバズレと呼びさげすまれてグレまくった。中学生から煙草を吸い始めた。ビールの苦さも経験した。酒の味もわからず、浴びるように呑み、酔っぱらって通行人にからみ、拘置所でひと晩すごしたこともあった。金遣いも荒く、叔母の財布から盗んでは遊興費につかった。そのうち男ができ、女になった。早く知りたかったというのが本心だったが……。どうしてこうも荒れすさんだ青春期を送ったのか、と振り返るが、ぼーっとしていて、はっきりとした像が浮かばない。何か夢中で暴れていた気がするだけだ。

青春真っ盛りとは体のよい逃げ口上で、もっと違う何かに憑かれていた。ひょっとしたら、その実像は眉毛や背中、そして胸の入れ墨が化けてでたのかもしれない。刺青師は、眉毛もその他の入れ墨も、金属成分をインクで定着させた。若い女にはもったいないほどの本格的な入れ墨だった。

ほんとうのところ小心者だったのだ。眉毛の刺青も、老けたいまだからこそ目立つのであって、彫った頃はなにほどのものでもなかった。気負っていただけだった。半狂乱の時期は二〇代で消え去った。三一歳になったとたん、二〇代の、華やいだ自分は露と消え、虚しさが湧きでてきた。郷愁に全身がさらされた。男との交わりも幾度にもわたった。子供ができなかったのが幸いした。いや、二人の児を宿したが中絶している。ともに父親がべつべつだった。

堕胎の際、力を与えてくれたのが、上半身をかけめぐる刺青だった。弱り切ったさなえの守護霊となって、目にみえない敵からまもってくれた。刺青を彫ったときの痛みが、逆に、威力となって支えた。不思議のひとことだった。何かが起こった，起こる気がした。からだのキズが癒しに転じた。

さなえの場合、入院中、焼酎を呑みまくっていたのは、死の恐怖から逃れるためだった。肝臓をより悪化させるだけだ、と知ってはいた。

肝臓の役目のひとつは解毒作用だ、と入院してさなえは初めて知った。刺青の際の金属成分はからだには合わない。肝臓はそれをも解毒しようと踏ん張る。そのうち無理がたたって、硬くなって肝硬変に至る。多くの子分たちがこの死病で早世していった。

生と死の均衡の上に、みずから生きる場所を求めるなど、並の人間にできることではない。どのようなひとも、いずれかに傾斜して、ある結末におよぶ――死か生存かに……。

さなえはこれだけいうと、静かに目を閉じた。うっすらと涙の筋がみえた。

友子は、その日のうちに院内の美容外科をさなえに受診させ、眉毛にレーザーを当ててもらった。黒ずんでいた箇所は、うっすらとコゲの残る肌にもどった。痛まし気にみえたが、さなえの表情は明るさをたたえ、窓からの午後の陽光を受けると、にわかに観音様さながらの平安な趣を呈した。ひょっとしたら生後まもないさなえの顔かもしれない。

往診医を後輩の医師に託して、橘さなえは自宅で二か月後に静かに息を引き取ったという。後輩が死亡診断書をかいた。橘親分が謝礼金を差し出しにきたが、友子は固辞した。

友子は反芻する。肝硬変はほんとうに怖い病気だ。軟らかかった肝臓が文字通り硬くなって、解毒作用が不可能になるのだから。腎臓の尿毒症とほぼ同じだ。……全身毒素だらけだ。……さなえの場合、守護霊だった刺青が背後霊にさま変わりした結果だ。腹水がたまってしまって、目も黄色くなっていた。医学的にもう救えない。この国では移植も無理だろう。

人間には何か自分の恃《たのみ》とするところが必要で、さなえにとっては、自分の肉体を傷つけた刺青がそれだった。だが、還暦をすぎて肝臓は急速に劣化していった。

享年六三。

医師と患者とのあいだの短いつきあいだった……。

服色《ふくしょく》

各テレビ局の女子アナウンサーはいまでは、俳優とまでいかなくとも、ちょっとしたスター的存在だ。いわゆる美形という点では視聴者の好みに充分耐え得る、といったら不謹慎だろうか。ファンが多いアナウンサーもいる。番組内で中立的立場に立つのがその仕事内容と考える望月完矢にとって、顔としては「一般的」な、可もなく不可もない顔の人物がよいだろう。誤解があっては困るが、俳優ほどの個性や癖をもたず、テレビの視聴者がすんなりと受け容れやすい顔が望ましい。中くらいの健康美の女性が理想的だ。あくまで完矢の見解だが……。

それでもひとりひとりには、その女性独特の魅力が備わっており、声の質も加味されるから、演技を除いた点で、俳優とよばれる女性陣の一端を担っているだろうが、タレントではない。タレントと呼ばれる一群のひとたちほど訳のわからない存在はない。どこからどこまでの線引きで芸能担当者は彼らを規定しているのか。申し訳ないが、タレントという音が軽く聞こえてしまうせいかもしれないが、一説にはバラエティー番組をそつなくこなす人材を指すらしい。

さてこうした手前勝手な分類はやめにして、完矢の目線の真の狙いは女子アナたちの着ている服にあった。その女性の全身が醸し出す雰囲気にぴったり合う服の種類や色に興味があった。やぼったいなあ、と思ったり、コーディネーターがついているのかな、と感じたりしてさまざまなのだが、ああ、いいなあと思うときもある。その折、女子アナは声とともに生き生きとしており、番組全体もはつらつとする。他の出演者もその息吹きに煽り立てられる。

完矢は夕方五時半に仕事を終えると、立ち飲み屋で一杯ひっかけて、帰宅する。妻の喜久枝の仕事の終了時間は職種上、日によって違うから、完矢が先に夕食をこしらえておくこともある。料理といえるほどのものではないが、喜久枝は文句もいわずに食べてくれる。そして無理をしてでもおいしかった、と褒める。自分が食べても美味ではないのだから、その嘘がお世辞だとピンとくるが、喜久枝の心遣いだとすれば、これも夫婦間のいたわりか、と完矢はねぎらいを覚えた。

喜久枝もそれほど料理に長けているわけではない、という理由もあった。お互いが凹凸の関係なのだ。二人の間にこの配慮が欠いた時点で、夫婦間にみえない亀裂がはしるだろう。

実は完矢は最近、それを感じ出してきた。むろん喜久枝にたいしてだが、二〇年も連れ添った妻と別れるのも面倒くさいが、それでもなんとかせねばと思案中だ。はじめは別居でもよいのではないかと思案したが、喜久枝の住むこの家も、あるいは別居先の家賃を支払うのが自分だと予測がついた折に、あきらめた。

なにかにつけて完矢はケチで、すぐに金銭に換えて考える悪癖があった。喜久枝の方はそれを見越していても、口にはしなかった。別居となると、いずれにせよ、どちらかに金銭的負担がかかる。波風を立てず静かに日々を送ればそれがいちばんの解決の道なのだ。でもそれがお互いにみえてこなければ、どこに行きつくことになるだろうか……。


ある民放のアナウンサー柘植《つげ》咲江の着ているセーターの色に注文をつけてやろうと考え、夕食後、完矢が実行した。彼女は報道担当のアナウンサーで、冬場でもあったためか、ブラウスの上に青っぽいセーターを着こんでニュースを伝えていた。青色の似合う顔つきをしているように映った。

看板アナウンサーとして活躍するほど実力のある女性だから、きちんとしたコーディネーターがついていて、セーターの色合いにも的確な助言を惜しまなかったかもしれないが、完矢は彼なりに彼女へのおもいがあり、どうせなら自分の好みの色を、と願った。

それをどう彼女に伝えるかが問題だった。局宛てに手紙を投函するのが手っ取り早いが、それはおそらく彼女の手にわたるまえに局の事務職のひとかだれかにみられ、破り棄てられるのがオチだろう。大切なアナウンサーを外から守らなくてはならない、という責務が局員にはあり、またそうでもしないと、彼女くらいの実力と器量よしのアナウンサーなら投書がたくさんきていて、もし手に取っても、まともに読んでもらえないのではないか。

完矢の思考は落ち込みがちで、これでは希望が達成できない。もっと楽観的に考える方が、こうした冒険味のある行為にはよいのではないか。とにかく勇気を出して、局の住所宛てにだしてみるしかない。ダメもとでよいのだ。他の視聴者からもファンレターが届いているだろうし、完矢の希望と願いとも知れぬ事柄に、あの優秀な柘植が振り向くはずもなかろう。そうおもえば、気が楽になって、万年筆を執った。直筆に限る。エチケットだ。


柘植咲江さん、貴女のファンです、という一般的な文章から入って、アルト気味の声がほどよく響いて肌触りのよい感覚を耳に毎回植えつけてくれ、そうした感触で語られる政治経済のニュースは、ほどよくこなれていてわかりやすい、と続けた。そしてそれには、貴女の着ているセーターの色合いの良さも加味されていると思うが、貴女の場合は青系統のものがよく似合う。冬場だから意図的にセーターを身に着けているのだろうが、季節が変わっても青色に準ずる色がいいと信じる、と「信じる」という強い表現を意図的に用いた。青といっても「蒼い」印象を与える「あお」もあるし「空色」という種類も、さらに「紺碧」の「あお」もあるけれども、貴女の場合はごく普通の「青」がふさわしい。どうかいまのままの青を着続けてほしい、と結んだ。

心掛けたことは余計な修飾語をつけずに、事実と自分の気持ちが率直に伝わる文章にしたことだ。飾るとその分だけ、本意から外れるだろう。セーターという衣服だけにはこだわった。セーター以外の服は考えられなかったからだ。北国出身の完矢の心は、はたと、故郷に引きもどされて、郷愁と旅愁の混じった心情に浸っていた。

郷里の北海道の地を足で蹴るようにして内地（本州）にやってきたのが、一八歳のときだった。それから二三年も経つ。

首都近郊のベッドタウンK市で建売を買い、妻と子供たちで暮らしている。生計は完矢のサラリーによっているが、残業した分だけ、一か月の給与が上がるので、ローンの返済も順調にいっている。喜久枝は一定の期間仕事を続けていたが、出産後は「主婦」願望で、子育てが終わって気が向いたら働きにでるかも、とあいまいな返答をしたが、結局不動産会社の経理のパート職に就いた。そして子育てという仕事を終えてほっとしたわ、としみじみといった。

完矢と喜久枝の間には三人の子供——長女に次女、それに長男——がいたが、二人ほど掻爬《そうは》した子がいて、本来なら子供五人のにぎやかな家庭になっているはずだった。その二人の性別も個性もわからないが、もし、と考えるときがたまにあった。夢の世界のような団欒が持てたに違いない。

二つのいのちにはいまなお、本心から済まないとおもっている。堕胎し終えてきたときの喜久枝の憔悴ぶりは他人《ひと》事ではなかった。手術云々ではない、もっと根源的な罪を抱え込んでいるふうに完矢には映った。夫である自分も同罪なのだ。法の上でわが子に死を与えてしまった。同意書に名前を書きこんだ際の、混濁した心理が蘇った。長男が成人したあと、喜久枝は二度目のパートにでた。

柘植咲江の魅力はテレビの画面で毎度いかんなく発揮されている。青系統のセーターをすめた手紙は無事届いたようで、咲江は完矢の指示どおりに青を着て出演した。もともと青系統の色を咲江が好きにすぎず、完矢の勘ぐりなのかもしれない。そうなると逆に完矢が操られていることになる。だが、それがそれほど悔しいのではなく、かえって咲江の好みを把握できた完矢に分があるとみなした。

放送局のある首都とその郊外、狭い空間での私信である。これが続くならば、いちど完矢は咲江に逢ってみたかった。それには青だけでなく、他の色でも試してみる必要がある。

少しずつ希望の色を変えてゆくのだ。まず空色にしてみた。二日後にきちんと空色のタートルネックに身を包んで現われた。美人という女性の役得だろう。何にでも似合う。その次は黄緑色を、と認《したた》めたが、その日仕事から帰った時、郵便受けに「望月完矢様 奥様」宛ての手紙が入っていた。差出人は跡部清美とある。完矢の知らぬ名だ。喜久枝にわたすと、ああそう、と受け取った。昔なじみなのかもしれない。二日後黄緑色のセーターだった。テレビの前で完矢がほう、と人知れず感嘆の声を上げると、喜久枝がじろりと見返した。睨んでいる。

何か感づかれたか？　完矢にしてみれば秘め事を行なっているので、要注意だ。女の勘は鋭いから……。完矢はだんだん意地になって、次は思い切って赤系統を提案してみようともいいたった。

かなりの冒険だ。赤でも真っ赤は避けて、アンズ色などどうだろう？　アプリコットのことで、漢字では「杏」と書く。淡い赤色で青とは対照的だ。女性の好みそうな色だけど、テレビではどうだろうか。派手に映って目立ちすぎるのでは？　アナウンサーは一種の引き立て役で、画面の「前面」に出てはいけない。青信号と赤信号の差異を考えればすぐわかる。青が安心して横断せよ、であるのに反して、赤はストップの合図だ。さきほどの喜久枝の眼差しはさしずめ黄色の信号か。そして五日後、また跡部清美から、喜久枝個人宛ての手紙が届き、喜久枝に手わたした。

次の上着の色は蒼色だった。まだ青系統にこだわってくれているのか。それとも青がやはり本来的に好きなのか？　そこはわからない。おそらくファンレターもたくさんきているだろうから、その多くがセーターの色に関してのことかもしれない。とすれば完矢は、ワン・オブ・ゼムとなって、つまらないかぎりだ。でもそれがファンというものだろう。一対一ではとても望めないところにいるのだから。ところが週明けの月曜日の色はアンズ色だった。目を見張って、あ、アンズ色だ、と驚きの声を上げた。テレビ寄りの喜久枝が振り返って、何なのいったい、と目を吊り上げた。キツネの目に一変している。憤りの混ざった妬《ねた》みに近い。

完矢さん、このごろいったい何しているの？　いい加減になさいな。

何をしているのでもない。気持ちの動くままに、「恋」にはまっているのだ。恋は一時的なものだ。「愛」は期間が長くて生活臭に耐え得る。当初、新鮮だった匂いが芳香にまで至る。愛は愛だ。喜久枝にもう初々しさはないが、長らく暮らしているという安心感がお互いの心底にある。安定感、安堵感といってもよいだろう。

だが、いまの完矢はその安楽さの裡に身をひそませながら、新規なものをつかもうと、両腕を伸ばしている。小鳥を虎視眈々と狙う野良猫の息遣いにも似ている。自分が理屈をこねて何とか自分を納得させようとしている。屁理屈を越えたものをつかまなくては男女間では成り立たないものがある……。

完矢は、ある程度まで、柘植がおもい通りになるのを確認すると、勇気を奮って逢ってみないかと誘った。服の色は任せると。完矢は勤め先の電話番号を手紙に添えた。返事がくるかどうか胸がドキドキ高鳴った。どこかの喫茶店で過ごすのがいちばんか……。それとも、と完矢はある場所が……。自分でも驚嘆するほどだった。

……水子地蔵のある報命寺《ほうみょう》の境内だ。市街の山手にあって、静かな環境にあるが、その名前がいかにも水子地蔵専門の寺というふうに思えて最初は思わず苦笑した覚えがある。中絶した完矢夫婦の二人の子供も供養されている。みな赤いヨダレ掛けをした水子地蔵がたくさん建っている。

完矢は元気に成長して無事成人したわが子の顔を想像しては、この世に生を享けられなかった水子たちが、いったいどのような子供だったかに思いを馳せた。その水子が眠る報命寺にはじめて逢う咲江を誘うのはどうだろう？　根拠などどこにもない。予期せぬことだったが電話がマネージャーという女性からかかってきたので、完矢は報命寺を指定した。

冬の陽光の強いが、底冷えのするある日の午後、アンズ色のオーバーを着込み、青いマフラーを巻いた、群青色のサングラスの女が報命寺に近づいてきた。完矢は喉をならした。口のなかが湧き出るように唾液で一杯になった。完矢は境内のケヤキの木の陰に身をひそめて、咲江が境内に足を踏み入れたところをうかがった。楚々とした歩みは、いつもテレビ画面では坐っているときしか目にしない完矢を刺激した。咲江はあちらこちら目を配り完矢を探しているようだ。それほど広い境内ではないが、大きなケヤキの背後にまわるとみえないのだった。

完矢はおもむろに一歩踏みだした。柘植さん、よくきてくれました。お手紙を差し上げていた望月完矢です。お忙しいなかをわざわざ……。

いいえ、毎便、愉しみにしていました。私には専属のコーディネーターがいないので、望月さんのご提案は助かりました。服の色の選択ほど面倒なコトはないですからね。服は私どもの仕事にとっては肉体をくるむ、……何といってよいか適当な言葉はみつかりませんが、服って裸の自分をさらす外枠のようなものなのです。肉体の外縁と述べてもよいでしょう。とりわけ女は男の方と違って、服えらびはひと苦労なんです。望月さんは、その労苦を感知してくださった。すべてのお手紙をそう受け止めました。感謝しています。

予想外の反応に完矢は戸惑った。そうだったのか……。ところで栢植さん、サングラスをはずして素顔をみせてくださいませんか。

すると栢植ははずかしそうにメガネを取った。恥じらいが顔に浮かんでいる。……栢植咲江ではない。貴女はいったい？……。びっくりされたでしょう。栢植の実の妹の跡部清美です。栢植さんとは？　はい、栢植咲江は実の姉で、テレビでは旧姓を名乗っています。ならば跡部さんは既婚者？　そうです。栢植は旧姓です。するとあのお手紙は？　はい、私が投函しました、奥様宛てに。よく思いだしてください、第一通目の宛名が「望月完矢様 奥様」となっていたはずです。……間違いなかった。何も気にせず喜久枝にわたしていた。喜久枝は返事をだしたのだろう。二通目からの宛先は望月喜久枝様だった。

もう姉もいい年ですからね。そうはみえませんが。あらそこが女の手腕ですわ。望月さんは術にはまったわけです。

スター的存在の姉がこのようなところに、それも誘いにのってくるわけがない。わたしで充分。それでもやってきたのだから、望月さんからのお手紙は功を奏したわけですよ。よろこんでほしいわ。現われたのが代理でもね。きっと姉の年齢もご存じないでしょうが、一般的に女の年齢は不詳で、化けるものです。わたしの年、いくつくらいにみえますか？　清美の顔の肌は白く、皺《しわ》ひとつない。化粧をしているともとても思えない。

いいかしら、わたしはファンデーション女ですよ。お化粧は苦手ですからね。まるでキツネとタヌキの化かし合いだ。完矢はそう結論づけて、いや今日はどうもありがとうございました。お姉さんの柘植さんによろしくとお伝えください。

二、三回の手紙の遣り取りで喜久枝は怒っていませんでしたか。あるいは嫉妬じみた表現など？　いいえ、それとは逆でした。夫の手紙のいう通りになって服を替えて出演する柘植の方がよくないんだ、と。

ほんとうですか。はい。悪いのは夫です、と謝ってもいましたわ。可愛い奥様じゃないですか。大切にしてあげなくては。はあ、そうでしたか。ご迷惑をおかけしました。喜久枝のあのキツネ目はいったい何だったのだろう。喜久枝の感情表現はわりと単純でわかりやすいのだったが……

完矢は、いつもの駅のひとつ手前で降りたときのように戸惑った。喜久枝への対応が音立ててくずれていった……。それは家族の崩壊につながるかもしれない。もうこの辺でやめようか、と決意して、その旨を清美に伝えた。

やっと諦めてくださいましたね。毎日ファンレターの山でしてね。それを読んで選んで姉に伝えるのがわたしの役目でして、望月さんのは、他の方々のレターと比べていっぷう変わったものでした。わたしもわくわくして次の便を待ったものです。愉しい時間でした。お手紙を戴けなくなると、からだに穴が空いた気がしますが、また折をみて、そう冬がおわって春も過ぎた頃はいかがですか？　夏服は肌の露出度が高くなりますから、えらぶのが厄介なのです。もう清美の言葉は右から左だった。完矢のなかで何かが壊れ、傷ついていった。わたしはこれで姉の代わりを務めおえたので、帰ります。

ところでこのお寺が子育地蔵を祀った寺でもあることはご存じですか。……子育地蔵？まさか！　水子地蔵では？　いいえ、ここのお地蔵さんをよーく御覧になってください。生後すぐの顔のお地蔵さんですわ。

完矢は地蔵が立ち並んでいる前庭に目を走らせた。そういえば、見方しだいで、水子ではなく子育ともうかがえる。どうして子育地蔵と？　水子地蔵という方もいますのは知っています。でも姉と義兄の笹山にとっては子育地蔵なんです。子ができないんです。いまだに。不妊治療もしたんですが。

……そうでしたか。悪い所を待ち合わせの場に選んでしまったものだ。と同時に完矢は澄んだよくとおる声で原稿を読む咲江の毅然とした表情を想起した。生活臭を消し去った、まさにプロの顔つきだ。

そうか、ひょっとしたら子供がいないためだったのか。それにしてもよくわからない。柘植さんはここにしばしば？　ええ、姉の場合は願掛けでした。「寺務所《じむしょ》」に頼むと、子育地蔵を抱かせてくださるのです。……そうですか。初耳です。姉には悪いけれど、疑似体験ですね、わが子を抱いているという。気の毒ですわ。

でもそれで気が済むのなら、と完矢は間をおいて息を吐いた。

このあと奥様がいらっしゃるはずです。二、三回のお手紙のやりとりでしたが、喜久枝さんは望月さんには過ぎた奥様ですわ。喜久枝さんとの遣り取りも愉しかった。味わいふかい文で、ユーモアのある方ですね。大事にしなくては。水子に逢いたいともお手紙にはあって、報命寺を逢引きの場に選んだことだけは歓んでおいででした。わたしたちにとっては子育地蔵の、おなじみのお寺でしたが……。

清美はそういいのこして門を潜っていった。

喜久枝が到着しないうちに、どこかに逃げようかと考えてもみたが、二人の水子のために居残ることにして、大きな木の枠に囲われた水子地蔵尊の前にたたずんだ。目をこらすと、なるほど子育地蔵でもある。ともに表裏一体なのかもしれない。祠《ほこら》のような水子の小屋のなかにはおもちゃや絵本が乱雑に置かれている。やがて喜久枝がやってくるだろう。険悪な表情か、あるいはそれみたことかといった誇らし気な顔かもしれない。

だが完矢にしてみれば、この際どちらでもよかった。わだかまりは残ったが、なぜかすがすがしい風が吹き寄せてきて、胸の底の垢をさらっていった。そしてしぜんと掌を合わせ、目を閉じた。

完矢は喜久枝にせめてもの罪滅ぼしに、子育地蔵を抱かせてあげようと考えた。

そのとき、背後から、完矢さん、と声が風を折りたたんで届いた。

眼科

大阪府・北摂の百里市《ももさと》は、周辺の二つの市より人口はすくないが、市の財政は豊かだ。その証拠に地下鉄延伸工事の費用をすでに支払いずみだ。この街の隠れた財源に競艇による利益があった。あまり知られていないことだ。昨年、南接する水本市から二つ停車駅が増えて、終着駅「百里川駅」となった。百里川の流れは細いが一級河川である。

私の毎日は、広いとは決していえないその河川敷の散歩から始まる。右手奥に北摂のなだらかな山々の緑が朝の光を受けて輝いている。空気も澄んで心が洗われる。百里川は住宅街のなかをくねくねした細流《ながれ》となって這うように流れており、それに沿って歩くのは気持ちに弾みがつき、その日の活力の源を得るよい機会となる。胸底から湧き上がってくるこの火酒にも似た気力はなんともいえない。これを実感できればこそ散歩の醍醐味がある。

道すがら、いつも気になるクリニックがある。雪国の屋根のような、鋭角状のそれが医院の繁盛ぶりを明らかにしている気配を感じさせる。医院は「猫の目専門眼科」だ。それがその医院の名前でもあった。「眼科」ならば、納得がいくが、「猫の目」が専門というのは、ペット隆盛のご時世とはいえ、すぐには得心がいかない。猫に特化した眼科で経営がほんとうに成り立つのか。犬派の私にしてみれば、奇怪この上ない。犬専門の眼科も成立しようものを。

戸建ての住宅街を抜けると、マンションの林立となる。マンションだらけの、どこか薄気味わるさの漂う、静まり返った界隈を歩むことになる。戸建ての家はもちろん、今風のオートロック付のマンションでも、おそらくペットを飼うことが許可されているのだろう。犬なら小型犬、猫なら、どう分類されるのか私にはわからないが、やはり所定の大きさ以内なのではないか。だが、猫専門の眼科があり、たいそう立派な診療所と、その横に瀟洒な自宅を構えているのだから、その一画は一見に値する。

それで私は好奇心を抑えかねて、獣医でありながら、なぜペット、それも猫専門の眼科としたか、探りを入れることに決めた。

「犬」や「猫」を題材にした随筆も多いし、漱石の出世作『吾輩は猫である』でも「猫」が活躍する。犬派の私がどれくらい踏み込んだ取材ができるかどうか、見当もつかなかったが、論より証拠だ、念じて診療所の受付に事の次第を告げた。

受診「者」はもういなかった。

少壮の院長合田《ごうだ》直樹医師は、夕刻のこの時間、ようやく診療が終了してほっとしているようにみえた。額にうっすらと汗がにじみ出ていた。不躾ながら、と挨拶して切り出した。合田氏はいかにも尋ねてほしかったという顔つきになって、私のほうへ改めて向き直り、語り始めた。


わが家は代々この摂津北部の天領の代官であって、明和六（一七六九）年頃に「稲葉風邪」という、いまでいうインフルエンザが流行《はや》ったときがありました。そのときの古文書にこんな記録が遺っているのです。

合田与左衛門昌宗が当時代官職に就いておりました。与左衛門の一代記が『昌宗随想記』として伝わっています。今でも大切に本家の書庫に保管されています。本家は隣の市である水本市で普通の開業医をしています。ぼくは若い頃、その『昌宗随想記』を父から教えてもらい、読後いたく感動して獣医学部に進学しても、猫のための専門医になろうと決意し、もともと眼科に関心があったので、上手くゆくかどうかためらいながらも、この特殊な医院の看板を掲げたのです。当初は目を病んだ猫の患者など少なかったのですが、需要というのでしょうか、そのうち口コミで広がって、いつのまにかこんな立派なクリニックを建てられるところまできたのです。

その『昌宗随想記』のなかに猫好きの昌宗の奥方の話がでてくるのです。妙《たえ》というその奥方は、「猫を愛でることひとかたならず」と書かれるほどの猫好きでした。毎日、猫の食べ物をお膳で給仕して与え、「すべて行儀、ひとと同じ」と、人間に等しい待遇でした。このお妙さんという奥方は、同じく南泉州の天領の代官棚上《たなうえ》兵庫晴成の娘で、『近畿圏代官系譜』のなかに、明和二（一七六五）年に合田与左衛門を行年六〇で見送っているので、夫の年齢に近かったとすれば、当時すでに老境に入ったご婦人と推測されます。合田家は与左衛門の没後、実弟がついでいます。

夫婦に子がなかったか、男子がいたとしても早世したかもしれない、と伝わっています。それゆえか、猫に愛情を傾ける日々だったと推察されます。

この猫はとても珍しい印が眉間に入っていました。ぼくにもちょっと信じられない印です。病気でやってくる現在の猫にもその種の印にお目にかかったことがありません。眉間に白く「一」の文字のようなブチがあり、両眉毛がつながっているようにもときとしてみえるので、「一文字眉」と呼ばれ、略して「イチ」として可愛がられていました。イチは妙の傍を離れることなく、勝手に庭に下りることもなかったといいます。

ところがあるとき、奥方が急に病《やまい》に臥し、水も食べ物も口にしないようになり、七日あまりも正気をうしなって、身内の者の見分けもつかなくなるほどの重態に陥ったのでした。医師もずいぶんと手を尽くしてくれたのですが、根負けした様子がありありとうかがえて、看病に当たった家の者も、十中八九ダメだろうと勘ぐっていました。そのとき、奥方がにわかに口を開き、湯づけ（お粥）を食べたい、といい、お椀にほどほどに入れた湯づけを二杯もたいらげたので、家の者のおどろきといったら想像がつくでしょう。みな正気にもどったのだ、と騙されている気がしながらも、目のまえの妙の快復振りを認めざるを得ませんでした。そしてこういったと伝わっています。イチが消えてしまったのね、と。この消えた、という意味を家の者たちはすぐにはわかりませんでしたが、奥方の次の言葉で知ることになったそうです。

夢うつつにイチが枕元に坐って、お告げのようにこう述べたというのです。

畜生の分際でありながら、奥さまから格別のご厚意をたまわって、身に余るほどです。いま死が波の岸辺に寄せるがごとく、切々と迫ってきています。これまでのご恩情にお応えしたく、イチの命を差し上げて、報いといたしましょう。そういってイチは、赤い生姜《しょうが》のようなものをわたしの口に入れてくれたのです。酢の味がして、胃の腑のなかがやんわりと温まりだしたそのとき、夢から目が覚めたのです、と。

家中の者が神妙な顔つきで奥方の話に耳を傾けていました。そのうち女中頭が、実はイチの姿が、ちょうど奥様が床に臥しているあいだみえないので、探していたところなんです、と。

それはなんということでしょう。早く見つけてあげなくてはね。……わたしの命に代わる覚悟で行方をくらました……。どこにいったのかしらねえ。みんな、おもい当たる節でもあるかえ?

それがさっぱりなので、困っています。

すると奥方が手の甲を顎に当て思案にくれつつ、ふと気がついたように、そうそう、このあたりの床の下を当たってみてちょうだいな、といったのです。

そこで家人が縁の下にもぐって探してみると、イチがみつかったのでした。それも奥方の枕の真下にイチの頭があって、からだの向きも同じでイチが横たわって冷たくなっていたのです。正夢だったわけです。合田家ではイチの屍を棺に納めて、菩提寺に葬ったといいます。

妙奥様はその後一八年間の長寿を保たれたそうです。イチの命をもらい受けたおかげですね。

それから一三〇余年後の明治も半ば以降です。祖母が母親の稲から聞いた話とのことです。

稲さんも妙と同じく猫好きで、今度は道の傍らで臥している野良の仔猫を拾ってきました。野良といっても捨て猫になるまえの、棄てられてすぐの猫であることは、その毛並みの良さや餌の食べ方で、稲さんにはわかったそうです。

イチの一件を伝え聞いていた稲さんは、さっそく、イチの次なので、ニイと名づけて可愛がりました。

ただイチとニイの違いは、いつも奥方の傍にいたイチとは違って、ニイは稲さんのもとを離れることが多く、家や庭の隅々をのぞいてみて回る癖がありました。

家の者たちはあまりよい印象を持ちませんでしたが、稲さんは泥棒が入らぬように、警戒をしているのだろう、と親身な意見で、まるで犬のようだ、と感心しきりでした。べつに鼻が利くわけでもないのに、と稲さんに進言する者がいたときなど、目があるでしょ、と反論し、猫は目が勝負どころなんですよ、と言い返したものでした。理にかなった答でしたので、家の者はだれも文句はいいませんでした。

なるほどニイの目の光りようは、そんじょそこらの猫とは較べものにならないほどに、瞳が眼球の奥底まで入り組んで、その底から鋭い光を放っていました。この目の網膜にいったい家の各所がどのように映っているか、みてみたいとみなは望んだそうです。但し、その「目力」は、稲さんをみるときには和らぐそうなのです。稲さんが、猫の勝負どころが鋭利な目だといっても、実際自分をみるときのニイの目は柔和なので、正直、家の者たちの言葉など内心、信じてはいなかったはずです。

ニイは「二」という名前をもらったゆえか、もうひとつ抜群の能力を発揮する分野がありました――ネズミ捕りです。この腕前というか「口前」とでも表現したらよいか判別できない、圧倒的な能力に、ネズミに悩まされていた家の者たちは大助かりでした。天井裏を、台所の隅を、こそこそ暗躍するこの小動物の立てる聞き棄てならぬ音は睡眠の邪魔になり、食べ物もかじられ、迷惑この上ない存在でした。

稲さんはこの活躍話を聞くと、ニイの徘徊の本意がネズミ捕りなのではないかと感づいたようで、自慢気に、イチとは異なって、人間に役に立つ猫を拾ったものだ、と手放しの歓びようでした。わたしは百万の味方を得た、とご満悦でした。

ニイが家にすっかり慣れた頃――三年目でしたか、ご近所の方々が流行り病で、つぎつぎと息を引き取っていったことがありました。合田家は土塀の外側を焼杉で四方を囲っていましたから、そうしたものの被害には遭いませんでした。いったい何の病気なのだろうと家中の者が関心を寄せ、ご近所さまに尋ねてみようとするのですが、すでに死臭がただよってきていて、近づくのも気が引けたほどでした。そこで古くから雑事をこなしている爺やが、勇気を出して右隣りの横路《よこみち》家をこっそりのぞきに塀を飛び越えてゆくことになりました。

もどってきた爺やは顔も蒼ざめていて、つかえつかえながらこう伝えてくれました。

横路のお家《うち》の皆さん方は、ほとんど裸の状態で亡くなっていました。それもからだが黒く変色してしまって……。おまけに股間部や脇の下に、握り拳くらいの瘤ができていて、それが――おもいだすたびに気持ちわるいのですが――全身に広がっているのです。地獄絵巻の世界でした。おそらくご近所の方々の家も同じような惨状だと思います。悪霊に取り憑かれたのかと本気で感じました。

爺やはそう報告すると、おおコワと、肩を縮めて長屋に引き込みました。

この話を聞いた者たちの動揺ははかりしれぬものでした。次はわが身とみなが予感したからです。しかし、その疫病はそのとき合田家には幸運なことに襲ってきませんでした。次になぜか、という問いだけが残りました。みんなで無い知恵を振り絞っても回答はでてきません。

しかし稲さんが一言、にわかにひらめいたかのごとく、ご近所で猫を飼っているのは家だけで、あとは犬だったわね、と。みなはそうですそうです、爺や犬はどうしていた？　呼び出されて問いただされた爺やが答えるには、そういえば犬たちはどうでもなかったかにみえました。ただ餌を満足に与えられていないようで、やせほそって弱っていました。水も器になかった……。そうかえ、人間だけが被害を被ったわけだね。なんとしても不思議だね。

ニイは相も変わらず、屋敷めぐりの日々を送り、ネズミを生け捕っては、料理人が魚をさばくように、器用にたいらげたものです。じつに美味そうでした。

私はすっかり感じ入って、合田医師の話が終わっても、かれに相対していた。合田医師からこれだけ中身のある話を聞き出せたのは大成功といってよかった。合田医師も久しぶりに、腹の底にたまっていたものを吐き出したような、解放感にひたっているふうにみえた。

ここにひとつ疑問が残る……。ニイの存在だ。この猫も稲さんの命に何らかの貢献をしているが、いったい具体的にそれは何か？　隣近所の飼い犬は生きていたというし……。

それは経口感染菌、ペスト菌のせいだった。この菌は小型のネズミに付着して、人間に感染するという。危険なネズミを合田家では、ニイが捕食していたのだった。猫はこの菌に感染しないという。ニイにしてみれば、好物の餌にしかすぎなかっただろうが、人間にとっては大きな助けになってくれたわけだ。

明和と明治に猫を飼っていて、それも大切に扱っていた家に、こうした惨事は、起きなかった。

朝の散歩のコースで、合田医師経営による『猫の目専門眼科』のまえは必ず通る。だがこれまでの珍妙な空想が消え、家の伝統を受け継いで成功した眼科医の姿が髣髴《ほうふつ》とするのだった。

それぞれの家業にはそれ相応の歴史や逸話があって、揣摩《しま》憶測をするよりも、迷惑承知で、その家の誰かに訊いたほうが、余計な考えに及ばずにすみ、反ってタメになる事柄を知る機会に恵まれることがあるかもしれない。積極的に「取材」をしたほうがよいことだってあるのだ。今回の事例はまさにそれだった。

私はめったに訪れない充足感にひたって、「眼科」を横目にみながら、マンション街に進んでゆくのに、もうためらいはひとかけらもなかった。なにかしら内側から燃える思いがふつふつと湧きたってきて、散歩がいっそうここちよく感じた。

菊丸

江戸時代、まだ家康が関ヶ原の戦いで勝利するまえの、太陽暦で慶長五（一六〇〇）年四月二九日、豊後の臼杵《うすき》にオランダ船が日本に初めて漂着した。当初五隻でオランダを出航したが、マゼラン海峡で何隻かが遭難し、太平洋に出てからも不具合が生じて、たった一隻・リーフデ号が数一〇名の乗組員をのせて日本の土を踏むことになった。

その後、リーフデ号は往時家康のいた大坂に、さらに浦賀へと回航された。この船には、東京の「八重洲《やえす》」という地名の元となったオランダ人ヤン・ヨーステン、他にただひとりのイングランド人ウイリアム・アダムズが乗っていた。

リーフデ号の船尾には北方人文主義者の王、ロッテルダムのエラスムス像が飾られていたが、事後オランダには返還されず、いまは国宝としてさる寺に安置されている。オランダ船らしさがうかがえる装飾である。

当時の長崎奉行だった寺澤広高は、火縄銃をはじめとした武器を没収して、大坂城の豊臣秀頼に下知を仰いだ。そこへイエズス会士が押し寄せてきて、オランダ、イギリスのプロテスタントたちを引きわたすように迫った。秀頼は手に余って、五大老のうちのひとり家康に措置を一任した。

家康は彼らからカトリックとプロテスタントの熾烈な争いを聞かされて、生存者を保護することに決めた。特にウイリアム・アダムズには三浦按針という日本名を与え、土地や日本人妻を賦与した。彼は主に家康の外交顧問として仕え、さらに数学・幾何学・天文学などの西洋の新知識を教授した。その代わり家康は、同年一〇月二一日の関ヶ原の戦いの勝利後、按針に船舶を建造させている。

しかしながら、ここに面倒な問題が持ち上がった。九州で布教活動にいそしむイエズス会の宣教師から、リーフデ号の乗員がみなプロテスタントゆえ、当方に送れ、と何度も迫ってきたのだ。遠い西国の雄藩の耶蘇教徒からの要求で、書簡を何通もよこしてきた。その執拗さに家康はほとほと手を焼いた。それで届いた書信をみな庭先で燃やすつもりで、火を熾そうとしたとき、愛犬の菊丸がその手紙のにおいを嗅ぎつけて、ワンワンと吠えまくった。

およそ二五〇余年後。

上野の西郷さんの像の除幕式のとき、妻が旦那さまとは違うと像を指さして怒った逸話は有名だ。その像の脇には、ツンという隆盛の愛犬が綱でつながれていた。薩摩犬《さつまいぬ》で、日本犬六種類（柴犬、紀州犬、四国犬、北海道犬〔アイヌ犬〕、甲斐犬、秋田犬）には含まれていない、地犬《じいぬ》である。銅像の犬はオスだが、本物はメスだった。妻の承認を得られなかった像も、隆盛の肖像画も、明治になって作製されたものだが、もう本人に関する手掛かりがみつからず、こうした「失態」となった。

この隆盛、肥後熊本の菊池一族の末裔で、菊池源吾という名も持つ。京都市の第二代目の市長が西郷菊次郎といって、「菊」の一字を引き継いでいる。流刑時代、奄美大島の愛加那《あいかな》との間に生を享けた。

菊次郎は京都での職務を終えて鹿児島で死去するが、父親と同じく犬好きで、どの犬にも「菊」の一字を入れて可愛がった。菊丸という名の始まりが、家康の可愛がった菊丸だったことはあまり知られていない。菊次郎もこの事実を知っていたかどうか。

ただ菊次郎の菊丸の子孫が京都に住むわが家の菊丸であることは明らかだ。れっきとした血統書つきの紀州犬で、始祖が菊次郎の菊丸だと冒頭に記されている。むしろ薩摩で紀州犬を、といった方が奇異に聞こえるけれど……。京都で飼っていたのが紀州犬だったのかもしれない。

紀州犬は立ち姿も凛々《りり》しく、主人に忠実で賢こさは格別だ。

その菊丸が、両隣に住むカナダ人とイタリア人への対応がはっきりと異なる。

あたりは閑静な住宅地で、通常、鹿ヶ谷《ししがたに》と呼ばれている。鹿ヶ谷といえば、その昔、安元三（一一七七）年六月に平家打倒の陰謀が図られた場として著名だ。近年、清盛のでっちあげ説もある。

この地は、京都東山の山々の麓にあたり、坂を登ってゆくと、山を背に這いつくばるようにして建っている多くの名刹《めいさつ》を目にする。文豪谷崎潤一郎の墓所のある浄土宗の『法然院』も間近だ。

ただここら辺は、季節にもよるが湿気が多い。山裾に近づくほど、濃厚な霧に全身がおおわれる気がして、息苦しくなる。私などはどうもいけない。谷崎の墓への道しるべをみたことは何度もあるが、墓の前まで行ったことは一度もない。菊丸と散歩をすると、かれも墓に向おうとはしない。それで坂を下って帰路につく。

途中、上手のカナダ人の飼っている柴犬の小屋には寄っていって、黒い鼻をこすり合わせ、意気投合している。なんともこの世の春がきたようで、ともにオスなのだが、無邪気な同性同士のなれ合いみたいだ。

それが、わが家の下手のイタリア人の家の犬やその飼い主に菊丸は吠え続け、急いで表通りに抜けなくてはならない。菊丸はいったい何を感じ取っているのか。

私の職業は高校の日本史の教員だが、毎年、同じことの繰り返しではつまらないので、一応、自分なりに勉学を深め、時間にゆとりがあれば、生徒たちに教えることにしている。いわゆる余談の類だが、ここにこそ、授業の面白さがあると信じている。やはり犬が関係してくる話題が多い。


犬の鼻の威力というか、庭の隅につながれているのに鋭いものだ、と家康は感じ入った。だが、なぜ吠えたのかまではわからなかった。家康の菊丸には他の犬と異なる才があったに違いない。

わが家の菊丸はカナダ人の飼う犬には好感を持ち、イタリア人の犬にはまるで喧嘩腰で吠えまくる。ひょっとしたら、家康の菊丸と同じように、キリスト教の宗派――カトリックとプロテスタントとの違いを嗅ぎ取っているのかもしれない。両派、それぞれ独特の臭気があって、菊丸の鼻を適度に刺激し、判別を促すのだ。そして菊丸はプロテスタント派に好意を寄せているようだ。

宗派を嗅ぎ分ける犬、つまりもうすこし広げて言うと、「文化を嗅ぎ分ける犬」が江戸時代にも現在にもいて、ともに菊丸を名乗っていた。ひょっとしたら、キリスト教内ばかりでなく、イスラームや仏教徒も嗅ぎ分けることができるかもしれない。そうなると「文化」とは犬の水準ででも理解しうる程度のものとなってしまう。もっとも犬には、人間と違って、理性など備わっていないだろうから、もっぱら感性のおもむくままの発露だろう。だがそれゆえにこそ興味がわくのだ。好意も敵意も本性に根づいていて、人間の立ち入る域ではない。

でも私には納得のいかない面がある。カトリック側にたいして菊丸が吠えたという点だ。イエズス会の成立以前に、ドミニコ会とフランチェスコ会という托鉢修道会が存在していた。教皇から認可も受け、それぞれの理念に基づいて活躍した。そのうちのドミニコ会だが、ドミニコ会の修道士をラテン語で綴ると、「主の domini ＋犬 canis」となり、会士たちは手前勝手な解釈をして、自分たちを「主の犬《しもべ》」というプライドを持って公言するようになった。

このドミニコ会が後年のイエズス会と似ており、一三世紀に異端に対抗してカトリック教会を擁護し、異端者を正統カトリックに改宗させることを使命とした。理論武装をして、説教の技を練磨して、異端の折伏《しゃくふく》と民衆の教化に尽力した。清貧を方針としたフランチェスコ会とは、一味も二味も違っていた。

菊丸はこうしたドミニコ会とイエズス会に反発を覚えたとみられる。「菊丸」という名がこうした習性を受け継いだのだろう。これまでにも「菊丸」という名の犬など他にもいただろうが、この菊丸はここにしかいない。

家康の菊丸が何歳まで生きたかは知られていない。家康はその後、リーフデ号の乗組員の力を借りて、元和二（一六一六）年の死まで、ルソン島（現在のフィリピン諸島、最大の島）のマニラと現在のメキシコのアカプルコの地に、太平洋を挟んだ交易を実施した。むろん、家康は菊丸とともに駿府にいた。

菊丸のおかげで家康は、三浦按針やヤン・ヨーステンなどのプロテスタントのひとたちを守ることができた。しかし、交易相手のメキシコはカトリックだ。菊丸はともあれ、家康が、新旧両派の相違を真に理解していたのかどうかは私にはわからない。二人の西洋の知識人を重用して、新しい知見を得ることに熱中し、一匹の犬の鋭利な感覚などに注意を向けなかったとも考えられる。家康の関心はもっぱら実利的な知識にあって、宗教などという、キナ臭くて抽象的なものにはなかった……。

なるほどカトリック・イエズス会士からの書簡から臭う「異臭」に菊丸がすばやく気がついた点を察知したことは、飼い主が家康ならではで、さすがに天下統一を成し遂げた人物の英邁さの証だが、以後の家康はやはり効率性の高いものに興味を抱いた。これは幕末、明治維新を生きた知識人たちにも共通した一面で、日本人は自分たちに役に立つと思われる、西洋の学問や技術だけを輸入した。佐久間象山の名言に「和魂洋才」があるが、この場合の「洋才」こそが、「日本人にとって効果的なもの」を指している。

菊丸はカトリックとプロテスタントといった比較可能なモノだけに限って、判別ができたに違いない。たとえば、「愛」などのような精神性の高いモノなどは無理だっただろう。私が飼っている菊丸の場合もそうだが、ともになぜカトリックを嫌うか、判然としない。

菊丸にしみ込んだ遺伝子の裡にそうした傾向が潜んでいて、突如として顕われるのか。家康以前にも菊丸という犬がいたとしたら、さしずめ仏教徒とキリスト教徒の相違に気づくのに長けていたかもしれない。どちらに吠えたかはわからないが、たぶん仏教徒の方にだろう。新旧のキリスト教でも、旧いほうにあらがったのだから。菊丸には進取の気象があった、あるのだろう。

その仏教の話だが、わが家と小径をはさんだ真向かいに越してきた名取川さん宅が、熱心な門徒宗だ。毎朝、念仏を唱える声がろうろうと響きわたって、それも早朝からなので、朝寝を愉しむゆとりが破られた。

日曜日など、酷な仕打ちだ。すると念仏が終わると、菊丸がやんやと吠えたてるのだ。カトリックの家でなく、浄土真宗の勤行にたいしても、菊丸は敵愾心をむき出しにした。浄土宗の法然院につれていってもおとなしくしている、というより谷崎の墓に積極的にちかづかないのに、法然の弟子の親鸞を祖とする浄土真宗には敢然と立ち向かってゆくのだった。同系列の宗派でこうなのだから、禅宗の家だったらどうなることやら。浄土真宗の教えのほうがカトリックに近いからか。たった犬一匹の機嫌を、それも宗教にかぎった点で気づかうわずらわしさには、ほとほと参ってしまう。

この一件を友人でこの方面に詳しい船越に訊いてみると、なみなみならぬ興味を示して、さっそく菊丸に会いにやってきた。優れた血筋の菊丸を船越はしげしげとみつめながら、この顔つきの陰に非凡な感受性、資質にも恵まれ、とまるで人間同様に評価した。船越の目に何が映ったかはわからないが、とにかく菊丸が尋常の犬でないことは明々白々だと察知がつく、と。

私は船越に問うた。どうか率直に教えてほしい、菊丸の何が、どこが秀でているのか。すると船越は待ってました、というふうに、まあ、聞けよ、家のなかで話そう、と言って勝手知ったるといった調子で、居間に上がりこんで、ソファにでんと腰をおとした。

さて、菊丸の場合、血が純粋だということが大切だと思う。それに持って生まれた鋭利な「嗅覚」が加わって、文化のなかでも最も繊細にして複雑な宗教の違いを、嗅ぎ分けられるようになった、というわけだ。

……なるほど、そういうものか。さすが血統書付きの犬だよ……。純血はいい面もあるが、時間の経過につれ弱い面をみせることもある。だが菊丸はその反対だった……。

ところで、君のいう「文化」とは何だ？　ああ、それか。難しいが、手っ取り早くいえば、「自然」が反意語に当たるな。すなわち文化とは人間の手が入った状態だよ。「農業――アグリ・カルチャー」が良い例だろう。「アグリ」は「農」、「カルチャー」は「文化」で、「農業」は、自然に人間の手がはいる。手の延長が、鍬《くわ》や鋤《すき》という道具だ。大げさにいえば、自然破壊こそ文化だ。学術的には、いまでは犬猫も文化を持つとされている。

犬も、猫も？

そうなんだ。最近の研究の成果で、オレも新鮮な感慨を覚えているところだ。斬新な論文が学会誌の頁の大半を飾る昨今だ。

つまり、菊丸は「文化犬」だ。ここには精神性を超えた、予想すらできない不可思議な能力が宿っている。まったく未知の世界だよ。

犬や猫の言葉を理解できない人間たちがいくら頑張ってみても、踏み込めない神秘的領域だ。……ある種の犬だけに一定の区別がつくんだ。それが菊丸だ……。

船越はそう言い終えて黙ってしまった。その表情からは言葉ではなかなか表現できない研究者らしい繊細さがうかがえた。

癌の罹患者を察知する犬がいるといういま、犬にも文化というものを感得できるとすれば、その嗅覚の鋭さゆえだろう。とすれば、猫は視覚にものをいわせていて、文化的なものを探り当てられるかもしれない。動物も文化的差異を見抜く力を留めているということは、動物同士にも文化があることになるだろう。

思わず私は、犬という一動物の深淵を覗いた気がした。

選択

当時、右手の人差し指をまっすぐに伸ばすことがまだできた。しかし人工透析導入後、毎週（月・水・金クール、あるいは、火・木・土クールのいずれかを選択）三度、一回四時間の治療を受け、二五年以上経ったいま、人差し指は杖つく老人のように弓形に彎曲《わんきょく》している。無理をして直立させようとすると、第一関節のところがカクンと折れ曲がる。左手で伸ばしてやると跳ね返ってくる。弾くように動くので「バネ指」というそうだ。末端部位のこうした苦しみは、呻吟《しんぎん》を生む。例えば靴ズレを想像してほしい。一歩進めるたびに、激痛が走る。

透析開始から一〇年くらいの頃、往時の医学では延命はおよそ一〇年と相場が決まっていたので、私も覚悟を決めていたが、死の徴候などついぞ顕われない。肩すかしを食らったような感を抱いた。ならば道はひとつ。生き延びて、いや、透析装置によって生かされるのを選ぶのみだ。週三回の透析を欠かさず受ければ、他にこれといった病に罹らないなら生存し得る。私は岐路に常にたたずみ、絶えず死を意識しつつ生きてきた。生死の間に病が入り込まないよう工夫しさえすれば、これほど楽な暮らしはない。血液検査の結果を医師から聞き、生きてゆく。自分の思いのままにならぬもどかしさもあるが、慣れれば、生活にリズムがつき、透析の時間を息抜きくらいに考えればよい。

私はみずからを病人だとはみなしていない。身体障がい者である。精神障がい者というひとたちもいることから、身体と精神が対語であることがわかる。身心脱落という道元禅師の言葉では、やはり身が心より先に存在する。からだの劣化はこころをもむしばむ。

私はある学習塾で世界史の講師をして生計を立てている。二〇人程度の教室で、生徒は主に高校三年生だ。授業のとき見開きのテキストを左手にのせ、親指を添えて持ち、読み聞かせていると、透析のための血液の取り出し口である「シャント（正式名称 blood access）」の縫合部が一部の生徒からみえてしまっているらしい。一〇センチくらいの縦長の縫い目で、ワイシャツの袖からはみだす位置にある。腕時計はシャントを圧迫しないように右手首にはめている。右利きの私は食事の際には腕時計をはずす。そうしなければ箸を持つ手で時計が踊る。

前期の終わりの頃、塾の事務長からアパートに電話がかかってきた。あるご夫妻から息子の健康のことで先生にお話をおうかがいしたいと要望がありました。何度も断ったのですが、先生にしかわからない内容だといって、是非にと引き下がりません。具体的なご用件は何です？　と問うと、それがとてもデリケートなことなので、会ってから申しあげたい、というのです。そうですか、私はどうしたらよいですか。確かプライベイトに会うのは規則違反でしたよね。その通りです。ですが健康面の相談となるとお断わりできないこともあって、そのお、困っているところです。塾生の親御さんですね。……いえ、それが塾生の小山君のお友だちのご両親なのです。小山君？　私はおもいだそうとした。小山、小山……あっ、最前列に坐っている、あの細目の男子生徒。……私の左手首にときたま視線を向けているのに気づいてはいた。あの少年か。小山は私が透析者だとみぬいていたのか。

事務長、わかりました。そのお話、お引き受けします。場所と日時を決めて再度お報せください。日曜日ならいつでも結構です。ありがとうございます。それでは早速連絡を取って折り返しお電話を差し上げます。おまちしています。見当はついていた。これまでも似た相談があった。だがみな私とある一点で立ち位置が違った。

いくら説いても理解してもらえなかった。相談者の焦点が障がい者に対する偏見にあり、障がい者をあくまで「負なる存在」とみていた。あなたたちの目の前にいる私は障がい者なのですが、と打ち明けると、いえ、先生には地位がおありになるからと逃げた。正直なところ私にはいわゆる社会的地位などない。一介の塾講師だ。それもほぼ無名に近い塾だ。夫婦と会うのは二週間後の日曜日に決まった。

九月の風がなめらかに、残暑を霧散させるように吹いている晴れた日だった。こうした日にかぎって、重苦しい、きっと承知などしてくれはしない相談事を押しつけられる予感がする。夫妻は約束の喫茶「あおい」で待っていた。私はわざと遅れて出向いた。午後二時過ぎに着くと、すみません遅れてしまって、と形ばかり謝って席についた。夫妻は立ち上がって頭をふかぶかと下げ、お忙しいところ恐縮です、とお決まりの挨拶をした。いえ、私でお役に立てるのなら、と私はあくまで低姿勢で臨んだ。こうしないと相手の本音を聞き出せないからだ。夫の方がコーヒーでよいですか、というので、私は紅茶を、と遮った。

こうしたささやかな点にこちらの意思を示すことが肝要だ。大げさにいえば、主張は譲らないということへの伏線だ。夫は名刺を示してから、コーヒーと紅茶を注文した。申しわけないですが、私は名刺を持ちません。いいえ、結構です。市原塾の柳田先生のご高名はうかがっております。もちろん出まかせである。大手某予備校の……講師ならある程度の知名度もあろうが、小さな町の塾など取るに足らない。だがここでへりくだってはならない。悠然と構えているに限る。

大橋隆至《たかし》とある名刺には、さる大手ゼネコンの経理部長の肩書があった。名刺を覗いている私を、眺めている妻が誇らしげにみているようすがはっきり伝わってくる。そういうものだろう。妻の矜持が夫の社会的地位に拠るというのはよくあることだ。名刺などいたずらに刷らなくてよかった。事務長から申し出があったが、即座に断った。小さな塾の講師といった肩書などない方がよい。

お茶が運ばれてきた。ウエイトレスがテーブルの上にカップを置いて立ち去ると、大橋氏が実は、息子のことなのですが、と語り始めた。憂いを含んだ口調で短調の趣きがある。そうですか、それは何といっていいかと、調子を合わせると、意外なことをいった。じつはたいへん失礼なことなのですが、当初、先生が杖をついていらっしゃる、とばかりおもっていまして、杖の方が入り口に現われたら、と妻と話をしていたところでした。……？　あのう小山君と大橋君のご関係は？　家がたまたま隣同士でして……。それで？　それで先生のおからだのことを小山君のお母さまから耳にしたのです。

私が杖をついて授業をしているとでも？　いえご授業のことは全く。ではご想像？　申し訳ありません、信じて疑っていませんでした。いやそれは偏見というものです。あまりいい気分じゃないですね。済みません。手前勝手な憶測でした。その杖の人間に相談したかったと。はい。藁をもつかむ気持ちで。ならば小山君に直接お聞きになったのではなくそのお母さんから。はい。小山君とご子息とは？　隣同士ですが、あまり親しくはありません。又聞きですね。はい、申しわけありません。私は嘆息した。こうやってまで近づいてくる人物がいるのだな、と改めて面妖におもう。

それでご用件は？　はい息子が尿毒症末期で……医師から選択を迫られているのです。いま入院中ですか？　ずっとベッドの上で、安静状態です。そうでしょうね。腎臓はモノいわぬ臓器ですから、悪化し出すと留まるところを知らない。せめて痛みくらいは発してくれてもいいのですがねえ。はい、発見がおそかったみたいです。それで選択って何です？

お医者さまによると、透析導入の指標となる血清クレアチニンという値が8を超えた時点で、あるいは8に近づいてきたら、人工透析の導入になるらしいのです。いまクレアチニンの数値は？　7・6とか。まだ大丈夫ではないですか。ええ、そうなのですが、早晩、導入かと。さあそこはわかりませんよ。内科的治療で何とか保《も》つかもしれませんからね。医学の進歩は日進月歩です。腎臓リハビリテイションというものもあるそうですよ。……しかしながら私は知っていた。腎機能の悪化が薬の効果など追い越して、加速度的に8を超えてしまうということを。

先生の場合はどうでしたか。私はベッド生活の経験がないのです。えっ？　体調がおかしくなってM病院の内科を受診したら、血液と尿検査をされて、その結果がすぐに出た。これが医院《クリニック》だと検査会社に調査を依頼するのですが、病院だったので検査室が整備されていて、時を置かずにデータが出たのです。医師に不養生を叱られ、最後は苦笑いをせざるを得ませんでした。こういうときには仕方ないみたいです。私の方がびっくりしてしまって、ほんとうに、自分でも呆れてしまったクレアチニンがとうに8を超えていた。

そういえば下痢、ふくらはぎのつり、夜中の頻尿、食欲不振、変てこないびき……と異様な日々が半月前から始まっていました。各部位のレントゲン写真を撮られた結果、視神経は盲目寸前にまでぶれ、ハンバーグくらいに膨らんだ心臓が心膜に溜まった水分のなかで浮いているのでした。

医師の説明を聞きながらなんというか、命が縮む思いでした。というより実際そうでした。だからすぐに透析室へ、それも車椅子で運ばれ、即日透析でした。

医師に尋ねたものです、このままだったらいつまで生きていられますか、そしてどのようにして息絶えますか、と。医師は今回の治療で助かるから申しますが、と前置きをして、あと一か月半の命で、断末魔の苦しみと喘ぎのうちに息が止まるでしょう、と目をすえて答えました。文字通り真理を認識する自然科学者の視線でした。そして、あなたの腎臓は二%しか機能していません。これが二〇%なら、まだ透析に入らずに済んだのですが、と残念な顔つきでした。

こうまで宣告されては、もうお手上げでしたね。有無をいわせずですよ。選択の余地などまったくなかった。左腕の動脈への直接穿刺《せんし》でしたね。普通はシャントをつくってから導入なのですがね。急を要したのでしょう。

この点、異例だった。三時間の透析でした。終了後、頬に張りがもどっていました。水分と毒素が抜かれたのです。ただ左腕は内出血で熟れた林檎がつぶれたみたいでした。透析の何たるかも知らなかった私が、前の日までのうのうと自転車に乗っていたのですから、いくら二六歳といっても無謀なことでした。透析前の血圧は二二〇～一三〇でしたから、いまから考えれば、脳出血に遭ってもおかしくない。

この手の話をこれまで多くのひとたちに語ってきた私の口吻《こうふん》はなめらかだった。大橋夫婦の目線は宙をさまよっていた。

そういうわけで入院経験は私にはないのです。一回目の透析後に、体調が通院透析可能になるくらいに良くなるまで、病棟で三か月間入院することになりました。ですから透析して後の入院です。その後、視神経も治り、心膜から水も引き、血圧も安定してやっと退院の許可が下りました。ご参考にはならないかと。

はあ……。ですが、身体障がい者扱いですよね。そうです。それが？　就職時に不利にはたらきませんか。その通りです。勤務時間が制限されますから。でも会社によりますが、従業員の二パーセントは障がい者を雇う義務があり、端《はな》からがっかりしてはダメです。ご本人の気持ちしだいでしょうね。親としては健康体であってほしいと。それをおっしゃるのなら健常者です。障がい者の反対は健常者で、双方ともに健康なひとと病気のひとがいます。病気のひとは社会的責任を逃れてベッドで病と闘い、治癒を目標とする。健康な障がい者は社会復帰を目指す責務があります。この機微を押さえておくことが大切です。……だから私は健康な身体障がい者です。

それに旅行のとき運賃は半額だし、バスは無料、国立系の美術館や博物館も無料ですよ。それは知りませんでしたが、先生はお強い方だからそのようにきっぱりとご自身の位置づけをされる。でも実際に病んでいて、じき透析導入といわれている息子の身になれば、そうした区分けにあてはまらないし、そのような勇気もわかない。生き死にの問題ですし、将来がかかっている。

この手の親からは以前にも似たような相談を受けたことがある。みななんとかして障がい者のレッテルをはられるのを避けようとして懸命だ。でも無責任ないい方だが、なるようにしかならない。この種のひとたちの考えの根底には、「人間は生きている」という勘違いがあって、「生かされている」という思念は芽吹いていない。

人間はそれほど強い生き物ではなく、お互いに支え合っているものです。強がる気持ちをいったん消して、受容者になる必要があります。受容の対象には「快」と「苦」がありますが、もちろんこの場合は「苦」のほうです。「苦」を受け容れる際にはそれなりの精神力と勇気と活力が要ります。受苦者（ペイシェント＝患者）の懐の深さを示すことが大切です。

そしてこの「受苦」を「個性」だ、とみなせばよいという意見もありますが、私は反対です。個性など天性のものと生活のなかで育まれるものも多く、生後に負った障がいは個性ではない。個性という言葉は便利でキレイすぎる。ていのよいマヤカシです。手垢のついた言葉ほど真の意味を失ってゆくものですから。

ある時点までしか親も他の身内も、本人に寄り添えない。私のような者を探して「相談」という仮の姿で、自分たちの置かれた現実から目をそむけようとする。その方々の待ち望んでいる回答はいつも同じです。だが所詮、クレアチニンの値の上昇で透析導入は免れない。ただべつの選択があるにはあります。緩和ケアを最大限に活かして「死」を受容することです。但し、これは保険の適用という観点からすれば、現行の法の下では末期の癌患者とエイズ患者にしか適用され得ない。オランダでは安楽死が認められていますが、日本人が当地でそれを利用できるかどうか、疑問です。透析中の者が透析を嫌がって逃走しても、二週間目を前にして苦しくなりもだえ苦しみ、死に切れず透析室にもどってくるといわれています。

すっかり冷めきった紅茶をのみほした私は、それで当のお子様はどういうご了見ですか、と問うてみた。隆義《たかよし》ですか。隆義君というのですね。はい、大学一年生です。ここでようやく主役の登場だ。親の見解など、どうせわが子可愛さから、どの親も一緒だ。

お父さまにお母さま、当事者をはずしてのご意見は禁物です。おおかたの親御さんがそうです。……で隆義君はどのようにお考えですか。隆義は医師からあまり知らされていないみたいで……。それはおかしい。医師は親御さんにしか……。そのようです。変な医者ですね。インフォームド・コンセントという、説明と納得というルールがあるはずですが。それはご当人とのことで、第三者の、この場合、ご両親は該当しません。あえていえば、規則違反だな、その医者は。

でもほんとうですか。隆義君はもうご存じなのでは？　夫妻は下を向いた。コーヒーにも口をつけていない。唇を噛んでじっと何かに耐えている。

あのう、隆義君は透析に同意したのではないですか。その意向を翻そうとあなたたちお二人が「相談」を、杖をついて現われるはずの私に持ちかけた。……違いますか。もうとっくに済んだ案件をほじくりかえして、隆義君の「選択」を踏みにじろうとしている。

そのとおりです。母親がはじめて口を開いた。ソプラノの声だ。なんてことを。お子さん、それも大学生という、大人といってよい大事な時期のご子息の意思に水をさそうとされている。信じられない。そういわれるが、これが親心というものです。

親心？　そうでしょうか。あなたたちのような親は子供が横領か何かで拘置されたら、保釈金をはやばやと支払うタイプだ。そして私は受験生を持つある親の心情と重ねて語った。学習不足で、いずれの大学も不合格の生徒の事例だった。私はこのまま、卒業後も校名もいえない私大に進学させるより、学生時代も定期試験があるのだから、それを乗り越えられるように、予備校で一浪して研鑽を積む方をすすめる、といった助言にその親（特に母親）が、入試期間の最後の最後まで奔走して、結局、どこかの専門学校に落ちついたらしい、という話をした。私はこの手の親をずいぶんとみてきた。

アパートの斡旋をしてくれた不動産会社の社長が、毎年の夏、四年にわたって姪のためにと、夏休みのフランス語の宿題を持参し回答を依頼してきた。解くと相応の金銭をくれた。学年が進むにつれ、語学から文学作品となり、こちらも本気で取り組まなくてはならなかった。よい勉学になったが、姪子さんはいったいどういう思案だったのか。むしろ親や周囲の伯父叔母が余計な手助けをしたか。前期後期の定期試験などどうしたのであろう。ともあれ彼女はフランス語の理解を全く欠いたまま卒業したことになる。

透析の導入は命がかかっているから、医師と本人の判断が最優先だ。クレアチニンが8以下で透析を選択した患者にたいして、ある医師がこう「指導」していたのを記憶している。8以下だと身体障がい者の位置は3級で、治療費が1級の障がい者より高くつく。その患者は四時間透析だったが、その医師は1級になった方が将来的に金銭面で楽だから、半分の二時間に短縮して、1級を取得させようとした。

この場合、他の検査データの値はどうなるのだろう。銭と命の駆け引きだ。私の隣のベッドにいたこの患者は、他院から移ってきたご高齢の女性で、いまだに医師を神様としてしかみていない「世代」だ。とても疑問だが、看護師や、医師より下位の職のひとたちは、互《たが》いに批判精神がなく、良し悪しはべつとして何事も医師の考え如何で決まる。隣のベッドの患者はいつのまにかいなくなった。透析曜日が替わったのだろうか。あるいは「無事」に1級を取得したのかもしれない。

透析医療を受け持つのは、その病院、クリニックの方針次第だ。かつては外科か内科かのいずれかに属していた。いまでは腎臓内科という分野があって、そこに透析医が属していることが多い。一旦ベッドに上がって穿刺されると「機械掛け」の人間に置きかわる。変な表現だが、私の場合、からだの内と外とが皮一枚を残してひっくり返ったように感じる。からだが万華鏡のように目のまえにちらつく。

私にとっての人工透析は、二つに大きく分かれる。「体外透析」と「体内透析」に、だ。普通は前者を透析というが、これはたとえると宇宙での惑星の運行に似ている。体内を血液がめぐり、常時二百ミリの血液が体外の人工腎臓《ダイアライザー》内で透析膜によって濾過され、体内に還ってくる。人工腎臓で余計な水分と毒素が除去される。

ところが四時間の透析時間もあと一時間を残す頃、脚全体で「透析」が起こる。何とも不思議な現象で、想像の域を出ないが、脚の毛細血管と透析液との間で、人工腎臓を地でいくような「体内透析（濾過）」が生じる。ぴりぴりと真皮のもっと下の血管と、肉質の無数の細胞内の液とが入れ替わり立ち代わり出入りしてざわめき立つ。

これはもう惑星の運行といった優雅なものではなく、下手をしたらつるかもしれない。その恐怖が先に立つ。ふくらはぎならまだ耐えられるが、足の甲の鈍痛は絶望的だ。カリウムやナトリウムなどの電解質の不均衡のせいで起こる。ふくらはぎの場合なら立ち上がれば痛みはある程度失せるが、なにせベッドに縛りつけられているから、ナースコールを押すしかない。ふくらはぎをもんではいけない。足の裏から力いっぱい押す。脚を伸ばすというわけだ。

この「体内透析」とはもちろん私の造語である。この二重の透析を医療従事者がどれほど承知し、患者と共有できているかどうか。これまで「体内透析」を訴えてもわかってくれた医師、看護師、臨床工学技士はいない。「体外透析」を宇宙との呼応だと共感してくれる医療従事者にも出会っていない。

ここに当事者にしかわからない医療の関所のようなものが存在する。関所の向こう側にいる医療従事者には透析者になろうというものはひとりとしていない。だが、知ったかぶりの顔つきで問診して検査データをもとに適当な答を口にする、医療従事者の本音はどこにあるのかいちど訊いてみたい。検査データに依存し切って透析を推す者がたいていだが、数値がどれほどアテになるのか。なかにはデータの値に頼り切った医師もいて危うい。

私はこれらのことを大橋夫妻に告げた。ご子息はお若い。これが仮に九〇歳の方の場合ならどうされますか？　透析に、あるいは何もしない選択を。私なら、そのままに、を選択しますね。静かに逝きたい。

つまり「生活の質」の重視です。隆義君はこれからの人生ですから、是非、透析に賛成してあげてください。それでもなお異論がおありなら、主治医に内科的治療をできるかぎり行なってもらい、もうこれまでというところがきたところで、隆義君の「希望」を叶えてあげればよいのではないでしょうか、と最終的な回答を述べた。

結局、透析になりますか……。はい。命を保つことを第一にお考えください。……わかりました、とこの期におよんでも夫妻は不承不承頷いた。

二人は最後まで得心のゆかぬ表情だった。息子の肩を持つ私の見解に諦めたようで、お礼に、といって封筒をよこして、喫茶店を立ち去った。隆義君の意向を尊重することを祈るばかりだ。私はその謝礼で、モンテ・ビアンコ製のリュックサックを買った。いまでも愛用している。

初出一覧

SF Prologue Wave（日本 SF 作家クラブ公認ネットマガジン）掲載作品
〔掲載順〕
「湯屋」2022 年 7 月 11 日付　本作は、「家の地図」（『小説海越』第 3 号、1997 年・夏号所載）を大幅に修正・圧縮して、別途作品化したものである。
「小石」2022 年 10 月 3 日付
「天職」2023 年 1 月 4 日付
「騎士」2023 年 6 月 6 日付
「選択」2024 年 4 月 30 日付　　協力：高槻真樹、伊野隆之、岡和田晃、忍澤勉の 4 氏
　その他の、「紋付」、「黄泉」、「予言」、「眉毛」、「服色」、「眼科」、「菊丸」はみな、書き下ろしである。
また、磯田道史著『日本史を暴く』（中公新書、2022 年）も参考になったし、外部からの情報で利用できそうだと判断したモノは活用させていただいた。

さわいしげお

『第 19 次新思潮』同人
小説「雪道」にて『200 号記念 北方文藝賞』受賞（選考委員：野間宏・八木嘉徳・吉行淳之介・井上光晴の 4 氏）
「イタリア・ルネサンス文化における自然魔術」の紹介と研究で、『地中海学会ヘレンド賞』受賞

2020 年以降の著訳書
創作集：『北区西ヶ原 留学できますか？』（未知谷）
　　　　『澤井繁男 小説・評論集』（平凡社）
　　　　『二〇二〇年という幕末』（作品社）
文芸評論：『検証 伊藤整』（藤田印刷エクセレントブックス）
　　　　『「戦時下の伊藤整日記」を読む』私家版
イタリア関連書
著書：『カンパネッラの企て』（新曜社）
　　　『魔術師列伝』（平凡社）
　　　『ルネサンス文化講義』（山川出版社）
訳書：カンパネッラ著『哲学詩集』（水声社、日本翻訳家協会特別賞受賞）
　　　カンパネッラ著『事物の感覚と魔術について』（国書刊行会）

オフィシャル・ホームページ：https://sawai-shigeo.web.app/

騎士

2024年 9 月18日初版印刷
2024年 9 月25日初版発行

著者　澤井繁男
発行者　飯島徹
発行所　未知谷
東京都千代田区神田猿楽町 2 丁目 5-9　〒 101-0064
Tel. 03-5281-3751 / Fax. 03-5281-3752
［振替］ 00130-4-653627

組版　柏木薫
印刷所　モリモト印刷
製本所　牧製本

Publisher Michitani Co, Ltd., Tokyo
Printed in Japan
ISBN 978-4-89642-736-3　C0093

澤井繁男の仕事（小説）

鮮血 224頁 2200円+税

生命のトポロジー　透析患者の視線は自らを不完全な生と捉える。人々のハンデキャップが自ずと目に付くようになる。そこから生起するさまざまな変奏、人間の生を、負の側面から照射する五つの物語。

一者の賦 256頁 2400円+税

錬金術や占星術を貫く一者を見た男は、人々に希望を賦与する可能性を感じて新しい宗教を興こした。教団は成功するが、男の内面には故郷サロマ湖に吹きつけるオホーツクの怒濤が……

天使の狂詩曲 224頁 2000円+税

〈遺伝子〉〈螺旋階段〉〈白い本〉〈夢〉〈魔女〉〈卵膜〉〈受胎〉etc.　いくつもの劇中劇が互いに響き絡み合い網目のようなイメージを織る。医療・幻想・シュルレアリスム的小説。

外務官僚マキァヴェリ　港都ピサ奪還までの十年 224頁 2200円+税

外務官僚・マキァヴェリ三十歳代の活躍を練達な筆致で描く。ダ・ヴィンチや妻マリエッタ、それにチェーザレ・ボルジア公、ミケーレ将軍、歴史上の人物が続々登場する意欲的書き下ろし作品。

八木浩介は未来形 208頁 2000円+税

ベトナムの眼科医療に献身的に尽くす男の半生を描くヒューマン・ストーリー。＊本作は実在の眼科医・服部匡志氏をモデルとしているが、あくまでフィクションである。

三つの街の七つの物語 176頁 2000円+税

昭和の後期から平成の時代、与えられた生を真摯に生きる主人公と、彼をとりまくさまざまな人間模様を七つの角度であざやかに切り取った短篇連作。

安土城築城異聞 240頁 2500円+税

光秀の弑逆、動機解明さる!!　高くそびえる天主閣、七重に構築された市街、信長の安土城だけが世界に魁て表現していた思想。こもごもの秘密が明らかに……！　痛快歴史小説!!

北区西ケ原　留学！　できますか？ 224頁 2400円+税

あの頃 ―― あの場所 ―― 男の〈幻想〉と女の〈期待〉が交差する青春小説。かつて東京の北区西ヶ原にあった大学を舞台に。

澤井繁男の仕事（評論）

文藝批評　**生の系譜**　作品に読む生命の諸相 函入 208頁 2000円+税

死を見据えて生の淵源を探る機能障害という負を引き受ける者の視線は〈寿命〉ではなく〈定命〉と捉える。作品に読み取れる生を、死の受容過程に位置付けつつ読む評論、「生とは何か」を問う20章。

「烏《からす》の北斗七星」考　受容する“愛国” 144頁 1600円+税

十歳の頃より透析を受け〈いのち〉〈肉体〉〈死〉に真摯に向き合わざるを得なかった著者が、わだつみのこえの一文を契機に宮澤賢治、武田泰淳、梶井基次郎、野間宏を読み解き、「愛国」の意味を問う。

未知谷